AF206275

Werners Geschichte

Persönliches und Weltgeschehen

Anna Katharina Killait

Herstellung und Verlag:
Books on Demand GmbH, Norderstedt

ISBN: 9783750424647

Für meine Familie

Werners Geschichte

1920:

Ein Junge wurde geboren, in Chemnitz in Sachsen am Tag des Siebenschläfers. Der erste Weltkrieg war vorbei, die weltweit schwierigen politischen und wirtschaftlichen Zeiten, die zum zweiten Weltkrieg führten, waren es nicht. Viele Jahre später hat Werner diese Entwicklungen in zwei Spalten handschriftlich festgehalten. Auf der einen Seite stand das Weltgeschehen, auf der anderen, parallel daneben, waren die persönlichen Ereignisse festgehalten, beides kommentarlos.

Vor allem vier Quellen waren es, die Werner für seine Recherche nutzte, um die historischen Fakten zusammenzutragen: „Auszug aus der Geschichte", Ploetz, Verlag Freiburg / Würzburg, 1983, 4. Auflage; „Das Geschichtsbuch", Johannes Hartmann, Fischer-Bücherei; Lexikon des Lingen-Verlags, erarbeitet nach den Unterlagen der Lexikon-Redaktion des Verlags F. A. Brockhaus, Wiesbaden; amtliche Urkunden, Unterlagen und Privatnotizen.

1920:

13. März: *„Kapp-Putsch mit dem Versuch, die Regierung Bauer zu stürzen. Der Putsch bricht in einem organisierten Generalstreik rasch zusammen. Danach flackert in Sachsen die Revolution unter dem Kommunisten Hölz wieder auf."*

(Wikipedia 2019 zum Kabinett Bauer: Kabinett der Reichsregierung unter Vorsitz Gustav Bauers (SPD) in der Zeit der Weimarer Republik. Es wurde gebildet, nachdem das Kabinett Scheidemann im Juni 1919 an der Frage der Unterzeichnung oder Nichtunterzeichnung des Versailler Vertrages zerbrochen war. Die ausgeschiedene DDP trat erst im Oktober 1919 wieder in die Regierung ein und stellte somit die Weimarer Koalition wieder her.)

Was sich hinter dem Kapp-Putsch verbirgt, setzt Werner ebenfalls als bekannt voraus.
(Wikipedia 2019: „Am 13. März 1920 führte General Walther von Lüttwitz mit Unterstützung von Erich Ludendorff den Putsch an, der sich gegen die nach der Novemberrevolution geschaffene Weimarer Republik richtete und der nach ca. 4 Tagen scheiterte. Der Putschversuch brachte das republikanische Deutsche Reich an den Rand eines Bürgerkrieges und zwang die sozialdemokratischen Mitglieder der Reichsregierung zur Flucht aus Berlin".)

Noch **1920**:
15. März: „*Kommunistische Aufruhrbewegung im Ruhrgebiet bis zum 10. Mai: Es kämpfen Freikorps gegen eine „Rote Armee", die Reichswehr marschiert ein. Als Folge besetzt Frankreich den Maingau.*"
April: „*Beginn des russisch-polnischen Krieges, der nach großer Gefährdung Polens am Ende doch noch unter Pilsudski für Polen erfolgreich zu Ende geht. In Russland kämpfen die ´Rote und die ´Weiße` Armee gegeneinander.*"
30. April: „*Durch Reichsgesetz wird das Land Thüringen geschaffen.*"
11. Juli: „*In Volksabstimmungen votieren in Allenstein 98% und in Marienwerder 92% für Deutschland. Beide Bezirke bleiben beim Reich. In Oberschlesien nehmen Unruhen zu, die Erregung steigt.*"
10. Oktober: „*Erbitterte Kämpfe der österreichischen Heimwehr mit südslawischen und serbischen Truppen, die nach Kärnten und in die Steiermark eingefallen waren, obwohl das Ergebnis einer Abstimmung war, dass die Steiermark und Kärnten bei Österreich verbleiben.*"
15. November: „*Der Völkerbund tritt in Genf zu seiner ersten, bis*

18. Dezember dauernden Sitzung zusammen. Die USA hatten einen Beitritt abgelehnt", ("obwohl der Völkerbund von dem amerikanischen Präsidenten Woodrow Wilson ins Leben gerufen worden war. Er war eine zwischenstaatliche Organisation mit Sitz in Genf. Als Ergebnis der Pariser Friedenskonferenz nach dem Ersten Weltkrieg entstanden, nahm er am 10. Januar 1920 seine Arbeit in der Schweizer Zentrale auf. Das Deutsche Reich trat 1926 dem Völkerbund bei. Die außenpolitische Isolation war damit aufgehoben und Deutschland wieder gleichberechtigte Nation der Völkergemeinschaft (Austritt: Oktober 1933). Ihm gehörten bis zur Auflösung am 20 April 1946 58 Mitgliedstaaten an. Die englische Bezeichnung war ´League of Nations`": Siehe Wikipedia, 2019.)

In eben diesem Jahr 1920 erblickte auch Werners Freund Johannes das Licht der Welt in Chemnitz. Für das Folgejahr ist hier eine Auswahl von Werners Stichworten genannt:

1921:
"Konferenz der Alliierten (ohne Deutschland) in Paris. Die Reparationszahlungen werden auf 269 Milliarden Goldmark festgesetzt, zahlbar in 42 Jahresraten. Ferner muss Deutschland 42 Jahre lang noch 12% des Wertes der deutschen Ausfuhr zahlen." 27. April: *"Die zu zahlende Reparationssumme wird auf 132 Milliarden Goldmark neu festgesetzt."*

1922:
Weder Werner noch sein Freund Johannes blieben ohne Geschwister. Werners Bruder war ein Sonntagskind, doch viel Glück war ihm nicht beschieden. Der Vater verstarb, als Werner vier, sein Bruder erst zwei Jahre alt war. 1911 war der Vater als *"kerngesunder junger Mann"* zur Reichsmarine eingezogen worden und musste seine Dienstzeit bis 1914 in Tsingtao, Kiachou, China, ableisten.

Inzwischen heißt Tsingtao „Quingdao" „Die Hafenstadt (3,8 Mio. Einwohner ohne Umland) ist heute ein steingewordenes Stück Kolonialgeschichte. 1897/98 zwang das Deutsche Reich China, die Jiaozhou-Bucht, an der „Tsingtau" liegt, samt Umland auf 99 Jahre an Deutschland zu verpachten. 1914 eroberte Japan die Kolonie. 1922 ging sie an China zurück. Teile der Altstadt wahren bis heute ihr wilhelminisches Aussehen. ...." (Zitat: Marco Polo Reiseführer „China", S. 53ff).

Sofort nach seiner Rückkehr wurde Werners Vater als Marinesoldat 1918 an der Flandernfront im Stellungskrieg eingesetzt. Für seine Tapferkeit erhielt er das Eiserne Kreuz (EK) 2. und 1. Klasse. Allerdings hatte er sich an der Front eine Kriegsver-letzung zugezogen, an deren Folgen er sechs Jahre später im Alter von 34 Jahren verstarb. Dieses Thema blieb ein Tabu, Werners Mutter, sprach uns gegenüber nie über ihn, auch nicht über ihr eigenes Leben, das für eine junge Witwe von 26 Jahren schwer zu meistern gewesen sein muss. Mit vier Jahren hatte sie selbst ihre Mutter verloren, und so musste sie bereits sehr früh zum Lebensunterhalt beitragen und den Haushalt bewältigen. Werner schreibt über die direkte Zeit nach dem Tod des Vaters: *„Ich war mehrere Wochen bei einer Tante meiner Mutter in Sparneck / Fichtelgebirge, Gasthaus „Heimatliebe" untergebracht."* Werners Mutter war energisch. Für sich selbst hatte sie nie viel Zeit, das Überleben stand im Vordergrund. Es ist nicht verwunderlich, dass sie mit Puppen, Gesellschaftsspielen oder Bastelarbeiten nichts anzufangen wusste. Wenn sie mit uns Enkeln spielte, dann immer etwas mit viel Bewegung und Tempo.

1922 war nicht nur das Geburtsjahr von Werners Bruder, sondern auch von Maria, der Schwester seines künftigen Stubenkameraden und Freundes, die später seine Frau wurde.
13. Februar: *„Maria am Montag zwischen 13.00 und 14.00 Uhr in*

der Frauenklinik in Chemnitz-Altendorf geboren. Nottaufe erhalten. "

Von Zeit zu Zeit erwähnte Maria später, wie sehr ihr Überleben in Frage gestanden hatte.

28. Februar: *„Großbritannien gibt sein Protektorat über Ägypten auf.* "

16. April: *„Abschluss des russisch-deutschen Sondervertrags von Rapallo: Wiederaufnahme diplomatischer Beziehungen; alle gegenseitigen Ansprüche aus der Zeit des Krieges sollen als erledigt gelten.* "

24. Juni: *„Der Jude Walther Rathenau wird durch Rechtsradikale ermordet.* " (Walther Rathenau: 1867 – 1922: Industrieller, Politiker, Schriftsteller).

August: *„Beschleunigter Verfall der Reichswährung (Inflation).* "

28. Oktober: *„Nach starken Unruhen in Italien unternimmt Mussolini mit seinen Faschisten den „Marsch auf Rom". Der König beruft Mussolini zur Bildung eines Kabinetts. Er erhält die Ermächtigung zur Wiederherstellung der Ordnung und zur Durchführung eines Reformprogramms mit diktatorischer Gewalt.* " (Wikipedia 2019: „Benito Amilcare Andrea Mussolini – 29. Juli 1883 – 28. April 1945 war von 1922 bis 1943 Ministerpräsident des Königreiches Italien. Als Duce del Fascismo und Capo del Governo stand er ab 1925 als Diktator an der Spitze des faschistischen Regimes in Italien.")

Dezember: *„In Russland wird auf dem 1. Unionskongress der Sowjets die 'Union der Sozialistischen Sowjetrepubliken` (UdSSR) geschaffen.* "

1923:

11. Januar: *„Besetzung des Ruhrgebiets durch Frankreich, weil Deutschland angeblich seinen Kohlelieferungen nicht nachgekommen sei.* "

27. September: *„Der Reichspräsident verhängt den*

Ausnahmezustand für das Reichsgebiet." („Friedrich Ebert, geb.
1871, gestorben im Amt 1925. Von 1919 bis 1934 war der
Reichspräsident das Staatsoberhaupt des Deutschen Reiches. Das
Amt existierte zunächst auf Grundlage des ´Gesetzes über die
vorläufige Reichsgewalt` vom 10. Februar 1919 und dann auf
Grundlage der Weimarer Verfassung vom 11. August 1919"
(Wikipedia, 2019).

13. Oktober: *„Der Reichstag nimmt das Ermächtigungsgesetz an,
wonach die Regierung auf dem Verordnungswege bis zum 31. März
1924 wirtschaftliche, finanzielle und soziale Maßnahmen treffen
kann, wobei sogar von den Grundrechten abgewichen werden
darf."*

*„Im Herbst erreicht die Inflation ihren Höhepunkt: Der US-Dollar
kostete im Januar 1923 noch 18.000 Reichsmark, am 22.
Oktober stand er bei 40 Milliarden RM. Der französische Franc
fällt ebenfalls."*

8. November: *„Hitlers und Ludendorffs Putsch in München bis
zum 09. November. Hitler erklärt sich zum Reichskanzler. Ein
großer Demonstrationszug wird vor der Feldherrnhalle durch
Maschinengewehrfeuer zerstreut. Hitler wird nach Landsberg in
Festungshaft verbracht."*

15. November: *„Neue Währungsordnung und Ende der Inflation,
die weite Mittelschichten verarmen ließ. Eine Rentenmark wird
einer Billion Papiermark gleichgesetzt. Die Aufwertungsfrage
bleibt ungelöst."*

22. November: *„Das Kabinett Stresemann tritt zurück. Stresemann
wird im Kabinett Marx Außenminister."*

1924*:*
*„Lenin stirbt. Die Folgen sind jahrelange Machtkämpfe um die
Parteiführung zwischen Stalin und Trotzki."*

1925:
26. April: *„Generalfeldmarschall von Hindenburg wird zum*

Reichspräsidenten gewählt."(Paul von Hindenburg: 2. Oktober 1847 - 2. August 1934).

1926*:*
03. April*: „In Italien wird unter Mussolini das „Führerprinzip" eingeführt. Voraufgegangen war das Gesetz vom 31. Januar über die Befugnis der Regierung, Normen mit Gesetzeskraft zu erlassen."*
08. September: *„Deutschland wird in den Völkerbund aufgenommen."*

Für das Jahr 1926 erfolgt eine der wenigen persönlichen Notizen: *„Als Rekonvaleszent nach einer Lungenentzündung war ich einige Wochen bei einer Bekannten meiner Mutter in Bad Elster. Ich erinnere mich noch an eine Teilnahme an einer sogenannten „Réunion" während einer Kurparkbeleuchtung."* Im folgenden Jahr erfolgt die Einschulung in die Volksschule Chemnitz-Altendorf. Marias Einschulung fand zwei Jahre später in Siegmar-Schönau statt.

1927:
Werner notiert die Gründung von „Heimwehren" in Österreich. Dezember: *„Auf dem XV. Parteitag in der UdSSR werden Trotzki und andere aus der Partei ausgeschlossen. Stalin hat den Machtkampf zu seinen Gunsten gewonnen."*

Das Jahr **1928** wird nur mit einer kurzen privaten Bemerkung gestreift: *„Ostern: Marias Einschulung in Volksschule Siegmar-Schönau."*

1929:
11. Februar: *„Lateranverträge, d.h. Aussöhnungs- und Friedensvertrag zwischen der italienischen Regierung und dem Heiligen Stuhl mit dem Ergebnis, dass die „Vatikanische Stadt" als*

selbständiges und neutrales Gebiet unter der Souveränität des Papstes anerkannt wird.(...). Papst war Pius XI, der sein Amt 17 Jahre innehatte.

Beginn der bis zum 7. Juni dauernden Konferenz, in der zur Revision des Dawesplans der Youngplan durchgesetzt wird. Darin wird die deutsche Reparationsschuld für 37 Jahre auf 30,95 Milliarden Reichsmark, für die Gesamtzeit bis 1988 auf 34,5 Milliarden Reichsmark herabgesetzt. (...)

Stalin gewinnt den Machtkampf in der UdSSR endgültig. "
(Wikipedia 2019*: „* Der Dawes-Plan vom 16.08.1924 regelte die Reparationszahlungen Deutschlands an die Siegermächte des Ersten Weltkriegs, die sich an der wirtschaftlichen Leistungsfähigkeit der Weimarer Republik orientieren sollten. Der Young-Plan war der letzte der Reparationspläne, die die Zahlungsverpflichtungen des Deutschen Reichs auf Grundlage des Versailler Vertrags regelten. Er wurde von einem Gremium internationaler Finanzexperten vom Februar bis Juni 1929 in Paris ausgehandelt, die endgültige Ausformulierung erfolgte auf zwei Regierungskonferenzen im August 1929 und im Januar 1930 in Den Haag. Er trat am 17. Mai 1930 rückwirkend zum 1. September 1929 in Kraft. Er sollte bis 1988 gelten, wurde aber bereits im Juni 1931 durch das Hoover-Moratorium ausgesetzt und im Juli 1932 von der Konferenz von Lausanne aufgehoben.")

Eines der gravierendsten Ereignisse war am 25. Oktober 1929 der „Schwarze Freitag" an der Börse von New York: *„ Er leitet die Weltwirtschaftskrise ein. "*

1930:
29. März: *„Brüning (Zentrumspartei) bildet ein Kabinett unter Ausschaltung der SPD. "*
30. Juni: *„Die Franzosen räumen als letzte Besatzungszone die Mainzer Zone. "*
16.Juli: *„Erste große Notverordnung des Reichspräsidenten zur*

'Sicherung von Wirtschaft und Finanzen'. Auflösung des Reichstags. "

14. September: *„ Reichstagswahlen; Verluste der Deutschnationalen und der Mittelparteien, Gewinne der Kommunisten und der NSDAP, die von 12 auf 107 Mandate anwächst. Brüning bleibt Chef einer 'parlamentarisch tolerierten Präsidialregierung'. "*

1. Dezember: *„ Neue Notverordnung Brünings zur Fortsetzung der deflationistischen Wirtschaftspolitik. "*

31. Dezember: *„ Die Zahl der Arbeitslosen im Reich beträgt bereits 4,4 Millionen. "*

Das Jahr **1931** bringt eine schulische Veränderung für Werner. Die Volksschulzeit (die 'Volksschule', damals 1. - 9. Klasse; die Klassen 1 – 4 entsprechen der heutigen 'Grundschule') ist beendet: Ostern erfolgt *„ mein Übergang von der Volksschule Chemnitz-Altendorf zur Deutschen Oberschule für Knaben in Chemnitz, Reitbahnstraße. "*

Kurze Zeit später, im Mai desselben Jahres, kommt es zum *„ Zusammenbruch der Österreichischen Kreditanstalt "* und im Juli zu dem der *„Darmstädter- und Nationalbank".*

18. September: *„ Es beginnt der langjährige Kriegszustand zwischen China und Japan. "* (...)

11. Oktober: *„ Auf einer Tagung der Nationalsozialisten, der Deutschnationalen und des Stahlhelms in Bad Harzburg wird die 'Harzburger Front' ins Leben gerufen. "*

Für den 16. Dezember verweist Werner auf die Bildung der 'Eisernen Front' durch SPD, Gewerkschaften, Arbeitersport-verbände und das Reichsbanner Schwarz-Rot-Gold.

Ende Dezember: *„ Die Politik des gesamten Jahres stand unter dem Druck der Wirtschafts- und Finanzkrise und der schweren Krise in der Landwirtschaft. Es gab allenthalben Lohn- und Gehaltskürzungen durch immer neue Brüningsche Notverordnungen und am Jahresende 5,66 Millionen Arbeitslose. "*

1932:

„*Beginn einer schweren, bis 1933 andauernden Hungersnot in der UdSSR.*"

10. April: „*Wiederwahl des Generalfeldmarschalls von Hindenburg zum Reichspräsidenten.*"

20. Mai: „*Neues Kabinett in Österreich unter Engelbert Dollfuß.*"

1. Juni: „*Das Kabinett des Reichskanzlers Brüning tritt zurück. Franz von Papen bildet ein ´Kabinett der nationalen Konzentration´ ohne parlamentarische Mehrheit.*"

4. Juni: „*Franz von Papen löst den Reichstag auf.*"

16. Juni: „*Die Konferenz von Lausanne unter Vorsitz des Engländers McDonald beendet die deutschen Reparationszahlungen durch eine einmalige Abfindungssumme von 3 Milliarden Reichsmark.*"

Juni: „*Reichstagswahlen. Die NSDAP erreicht 230 der 608 Mandate. Das Verbot von SA und SS von April 1932 wird wieder aufgehoben.*"

12. September: „*Der Reichstag wird bereits wieder aufgelöst.*"

6. November: „*Reichstagsneuwahlen, die mit einem Rückschlag für die NSDAP und mit Gewinnen für die Deutschnationalen und die Kommunisten enden.*"

17. November: *Rücktritt des Kabinetts von Papen. Die Arbeitslosenziffer übersteigt die 6-Millionen-Grenze.*"

2. Dezember: „*General von Schleicher wird Reichskanzler. Er plant die Spaltung der Nationalsozialisten. Die NSDAP, in einer schweren Krise, steht tatsächlich vor einer Spaltung.*"

1933:

28. Januar: „*General von Schleicher tritt als Reichskanzler zurück. (....). Den Mehrheitsverhältnissen im Reichstag entsprechend bleibt jetzt nur noch die Möglichkeit einer Regierungsbildung durch*

Hitler. "

30. Januar: *„ Der Reichspräsident von Hindenburg beruft Adolf Hitler aus Braunau am Inn zum Reichskanzler. Am Abend ziehen Tausende in Berlin in einem 'historischen' Fackelzug durchs Brandenburger Tor und an Hitler vorbei. "*

1. Februar: *„ Der Reichstag wird aufgelöst. "*

27. Februar: *„ Reichstagsbrand in Berlin. Man legt den Brand den Kommunisten zur Last. Daraufhin folgt eine hauptsächlich gegen kommunistische Funktionäre gerichtete Verhaftungswelle und das Verbot der sozialdemokratischen und kommunistischen Presse. "*

28. Februar: *„ Eine Verordnung des Reichspräsidenten von Hindenburg zum Schutze von Volk und Staat setzt wichtige Grundrechte der Reichsverfassung außer Kraft und leitet damit den Abbau der rechtsstaatlichen Grundlagen ein. "*

Anfang März: *„ Staatsstreich in Österreich durch Dollfuß (....). "*

5. März: *„ Reichstagswahlen; die NSDAP erreicht zusammen mit der Kampffront Schwarz-Weiß-Rot knappe 52%. "*

15. März: *„In Deutschland werden die ersten Konzentrations-lager eingerichtet. "*

24. März: *„ 'Ermächtigungsgesetz'; das bedeutet, dass die Regierung von der Verfassung abweichende Gesetze erlassen darf. Damit ist der Weg zum totalitären Staat verfassungsrechtlich freigemacht. Der Boykott jüdischer Geschäfte wird organisiert. "*

25. März: *„Japan tritt aus dem Völkerbund aus, weil dieser das Vorgehen in der Mandschurei für unrechtmäßig erklärt hat. "*

2. Mai: *„ Aufhebung der Gewerkschaften und Bildung der 'Deutschen Arbeitsfront' "*.

7. Mai: *„ In den deutschen Ländern werden 'Reichsstatthalter ' eingesetzt. "*

Die Hintergründe für das massive Anwachsen der NSDAP erwähnt Werner nicht, nur die gesellschaftlichen Konsequenzen. Mit Gewalt, mit dem Niederknüppeln und Ermorden Andersdenkender wurden Oppositionelle ausgeschaltet. Als ein gravierendes Beispiel dafür nennt er die Köpenicker Blutwoche.

Sie sei eine Verhaftungs-, Folter- und Mordaktion der SA gegen Zivilpersonen zwischen dem 21. und 26. Juni 1933 im Berliner Stadtteil Köpenick gewesen.

14. Juli: *„Gesetz gegen die Neubildung von Parteien, nachdem zuvor alle Parteien außer der NSDAP aufgelöst worden waren. Die Arbeitslosenziffer sank im Jahresverlauf von 6 auf rund 4 Millionen."*
19. Oktober: *„Deutschland tritt aus dem Völkerbund aus. Das Ende der Weltwirtschaftskrise kommt in Sicht. In Deutschland wird die Arbeitslosigkeit durch den Beginn des Autobahnbaus und der heimlichen Aufrüstung weiter abgebaut."*

Im Jahr 1933 ist Werner 13 Jahre alt. Am 01. November tritt er ins ´Deutsche Jungvolk´, Fähnlein Chemnitz-Altendorf, ein. (Wikipedia 2019: „Dieser Stadtteil liegt nordwestlich des Stadtzentrums und wurde am 1. Juli 1900 eingemeindet. Angrenzend an Altendorf sind die Stadtteile Borna-Heinersdorf, Schloßchemnitz, Schönau und Rottluff. Zunächst hätten sich dort Wolfsjäger angesiedelt, im 16. Jahrhundert dann Leineweber. Insgesamt gesehen blieb Altendorf bis in das 19. Jahrhundert eine Bauerngemeinde. Erst dann entwickelte sich Altendorf zu einer Arbeiterwohnsiedlung. „Der *Crimmitschauer Wald*, zwischen Borna und Altendorf, trägt vermutlich seit dem 14. Jahrhundert den Namen des Abtes Ulrich von Crimmitschau aus dem Chemnitzer Benediktinerkloster. Dem Kloster diente der Wald hauptsächlich zur Jagd. Nach der Auflösung des Klosters gehörten nur 21 ha des Waldes zur Chemnitzer Stadtflur. Erst mit der Eingemeindung Altendorfs im Jahr 1900 folgte der größere, restliche Teil."). Dies sind Namen, die immer wieder in Erzählungen fielen. Maria wuchs nicht weit entfernt in Siegmar auf. In ihren Erinnerungen tauchten als angrenzende Stadtteile oft Reichenbrand, Rabenstein, Rottluff, Schönau und Stelzendorf auf. Auch der „Kappelbach" fand häufig Erwähnung sowie der Parkteich, „der mitten in einem

Anfang des 20sten Jahrhunderts neben dem Rathaus gelegenen Park angelegt worden war. Erstmals 1375 wird Siegmar urkundlich erwähnt. Seit 1838 selbständige Gemeinde, entwickelte sich der Ort im 19. und 20. Jahrhundert zu einer bedeutenden Industriegemeinde. Maßgeblich beteiligt daran war die günstige Lage zur 1858 eröffneten Eisenbahnstrecke Chemnitz-Zwickau, so entwickelte sich aus einer Landgemeinde mit einer Baumwollspinnerei und einer Strumpffabrik ein Industriestandort für die Handschuhfabrikation, der Textilindustrie und dem Maschinenbau." 1927 erhielt Siegmar das Stadtrecht." Quelle: Wikipedia 2019)

1934:
Ostern 1934 wird die „Deutsche Oberschule für Knaben „an der Reitbahnstraße in „Adolf-Hitler-Schule" umbenannt, stellt Werner sachlich fest. Im Sommer verreisen seine Mutter und sein Stiefvater Paul Unger mit Werners Bruder Herbert zur Erholung an den Königsee in Bayern. Im Sommer nimmt Werner am Sommer- oder Zeltlager des „Deutschen Jungvolks" in Oiybin / Lausitz teil.

30. Juni 1934: *(...)*: *„Unter dem Vorwand der sogenannten ´Röhm-Revolte´werden der Staatschef der SA, Ernst Röhm, Gregor Strasser, General von Schleicher und weitere zahlreiche SA-Führer mit Hilfe der Geheimen Staatspolizei und der SS in einer schlagartig durchgeführten Mordaktion als für Hitler bedrohliche Feinde beseitigt."*
20.Juli: *„Die SS wird aus dem Verband mit der SA herausgelöst und Hitler direkt unterstellt."*
25. Juli: *„Nationalsozialistischer Putsch in Österreich, Dollfuß wird ermordet. Aufstände in Kärnten und der Steiermark schließen sich an. Die Aufstände werden niedergeschlagen. Deutschland greift nicht ein, weil Italien Truppen an der Grenze zusammenzieht."*
2. August: *„Reichspräsident von Hindenburg gestorben. Seine starken Befugnisse gehen auf den nunmehr als „Führer und*

16

Reichskanzler" bezeichneten Adolf Hitler über, der die Wehrmacht sofort auf sich vereidigen lässt."

18. September: *„Die UdSSR tritt dem Völkerbund bei."*

1. Dezember: *„Nach der Ermordung Kirows, eines engen Mitarbeiters von Stalin, beginnen in der UdSSR große Schauprozesse, die bis 1936 andauern und die die endgültige Liquidierung der ´trotzkistischen´Opposition ermöglichen."*

1935:

Das Jahr beginnt mit einer Volksabstimmung im „Saargebiet" im Januar, wie Werner notiert. Nachdem 91% für den Anschluss an das Deutsche Reich votiert hätten, gibt der Völkerbund am 17. Januar das „Saargebiet" an Deutschland zurück.

16.März: *„Deutschland sagt sich von den Rüstungs- beschränkungen des Versailler Vertrags los und führt die allgemeine Wehrpflicht ein."*

Nunmehr 14jährig wird Werner am Palmsonntag in der Kirche Chemnitz-Altendorf konfirmiert. Während des Pfingstfestes geht er mit dem Verein für Deutschtum im Ausland (VDA) auf eine Mehrtagesfahrt zu einer Tagung in Königsberg / Ostpreußen. Die Gruppe reist über Leipzig, Stettin, Danzig dorthin und weiter nach Lötzen zum Löwentiensee und zum Mauersee. Weitere Stationen sind Allenstein, Marienwerder sowie die Marienburg. Über Stettin und Leipzig geht es zurück nach Chemnitz.

Werner schreibt dann folgendes für den Sommer 1935: *„Ich bin Lehrgangsteilnehmer beim Führerlehrgang der Gebiets- führerschule in Glauchau."*

Als politische Ereignisse des Jahres 1935 hält er fest:

18. Juni: *„Deutsch-englisches Flottenabkommen. Es erlaubt Deutschland eine Aufrüstung bis auf 35% der britischen Kriegsflotte. Frankreich ist darüber empört."*

September: *„Auf dem Reichsparteitag in Nürnberg werden die antisemitischen ´Nürnberger Gesetze zum Schutze des deutschen*

*Blutes und der deutschen Ehre' erlassen. Der Nachweis der
'arischen Abstammung' wird hinfort Vorbedingung für jede
öffentliche Anstellung. Die Ehen mit Juden werden verboten. Die
Ausschaltung und Außerrechtstellung der Juden nimmt bis 1938
rasant zu. Etwa 170 000 Juden wandern bis dahin aus."*

3. Oktober: *„Beginn des Einfalls Italiens in Abessinien
(Abessinienkrieg). Die Billigung durch die deutsche
Reichsregierung begründet die 'Freundschaft' zwischen Italien und
Deutschland."*

1936:
Werner hebt eine wissenschaftliche Erfindung hervor: K. Zuse
entwickelte den ersten Rechenautomaten, den Vorläufer unserer
heutigen Computer. Dann folgt wieder eine private Eintragung.

20. März: *„Maria wechselt von der Volksschule Siegmar-Schönau,
auf Grund hervorragender Schulzeugnisse ohne Prüfung in die
kaufmännische Vollklasse der Verbands-Berufsschule Siegmar-
Schönau über."* Ihre Konfirmation wurde am Palmsonntag in der
Kirche von Reichenbrand gefeiert. Am 6. Mai trat sie in den
Deutschen Stenografenverein in Siegmar-Schönau ein.

In Bezug auf das Weltgeschehen hält Werner fest:
18. Juli: *„Beginn des Bürgerkriegs in Spanien (Generalissimus
Franco)."*
1. August: *„Eröffnung der Olympischen Sommerspiele in Berlin."*
25. Oktober: *„Deutschland erkennt die Annexion Abessiniens
durch Mussolinis Italien an. Ein Vertrag begründet die sogenannte
'Achse Berlin-Rom'. Deutschland und Italien erkennen die
Regierung Franco in Spanien an."*
25. November: *„Abschluss des Antikomintern-Paktes zwischen
Deutschland und Japan. Dies hat eine große Propagandawirkung
zur Folge."* („Der Antikominternpakt war ein völkerrechtlicher
Vertrag zwischen dem Deutschen Reich und dem Japanischen
Kaiserreich mit der Hauptzielsetzung der Bekämpfung der

Kommunistischen Internationale (Komintern). Ihm traten später weitere Staaten, unter anderem am 06. November Italien, bei": Wikipedia, 2019).

1937:
Wir erfahren, dass am 22. März Marias Berufsleben beginnt. Sie wird bis zum 12. Juni vorübergehend Bürohilfe in der Firma Auto-Union in Siegmar-Schönau.

In der UdSSR erreicht die ´Säuberungswelle` die Armee, schreibt Werner, bei der Sondergerichte höchste Führer zum Tode verurteilen.
7. Juli: *„Der Zusammenstoß chinesischer und japanischer Truppen an der Marco-Polo-Brücke erneuert den Krieg zwischen China und Japan."*
11. Dezember: *„Italien tritt aus dem Völkerbund aus."*

Über sich berichtet Werner: *„Ich bin Lehrgangsteilnehmer beim Führerschulungslager des Deutschen Jungvolks in Hormersdorf / Erzgebirge."* Im Spätherbst wird er zum 2. Vorstand und Schriftführer im Tanzstundenkurs seiner Schule in der Tanzschule Langelütje in Chemnitz gewählt. Maria bekommt eine Lehrstelle in der Firma Rasch, Möbelstoffe, in Chemnitz.

Das Jahr **1938** beginnt:
„Otto Hahn und Louise Meitner sowie F. Strassmann führen die erste künstliche Kernspaltung (Uran) mittels Neutronenbeschuss durch."
01. März: *„Beginn nationalsozialistischer Unruhen in Graz und in anderen österreichischen Orten. Die Lage im Lande spitzt sich immer mehr zu."*
11. März: *„Nach einem deutschen Ultimatum marschieren deutsche Truppen bis zum 13. März in Österreich ein. Die Welt nimmt den Anschluss Österreichs an das Deutsche Reich als unabänderliche Tatsache hin."*
10. April: *„Durch eine Volksabstimmung in Österreich wird der „Anschluss" mit großer Mehrheit gebilligt."*

19

Während die Weltlage sich immer stärker zuspitzt, schließt Maria zu Ostern die ´Kaufmännische Vollklasse` der Verbandsberufsschule in Siegmar-Schönau erfolgreich ab. Im Mai nimmt sie an der Maiwanderung der Firma Rasch teil. Werner ist im Sommer-Zeltlager des Deutschen Jungvolks in Falkenstein im sächsischen Voigtland.

16. September: *„Besprechung des britischen Premierministers Chamberlain mit Hitler in Berchtesgaden. Chamberlain ist bereit, der Tschechoslowakei die Abtretung der sudeten-deutschen Gebiete nahezulegen."*

22. September: *„Besprechung zwischen Chamberlain und Hitler in Bad Godesberg. Hitler fordert die Übergabe der sudeten-deutschen Gebiete für den 1. Oktober. Die Tschechoslowakei lehnt ab. England bittet Mussolini um Vermittlung. Hitler nimmt an."*

29. September: *„Münchener Konferenz. Teilnehmer: Chamberlain, Daladier (Frankreich), Mussolini und Hitler. Die Tschechoslowakei soll die sudetendeutschen Gebiete bis 10. Oktober abtreten. Die Rest-Tschechoslowakei erhält ein Garantie-Versprechen der Großmächte. Hitler und Chamberlain unterzeichnen eine deutsch-britische Nichtangriffs-Erklärung. Der Friede scheint gerettet."*

30. September: *„Nach erbitterter und langwieriger Kriegsführung in Spanien wird General Franco, im Bürgerkrieg massiv von Deutschland (Legion Condor) und Italien (50.000 bis 75.000 Freiwillige) unterstützt, zum Chef der nationalspanischen Regierung und des spanischen Staates erklärt."*

01. Oktober: *„Beginn des Einmarsches deutscher Truppen in die sudetendeutschen Gebiete."*

8. November: *„Deutschland und Italien erkennen die Regierung Franco in Spanien offiziell an."* England und Frankreich folgen dem einige Monate später, nämlich am 27. Februar des Folgejahres, wie Werner notiert.

9. November: *„Organisierte Ausschreitungen gegen die Juden in Deutschland, Zerstörung jüdischer Geschäfte und Wohnungen,*

Synagogenbrände (sogenannte `Reichskristallnacht`)."
6. Dezember: *„Deutsch-französische Nichtangriffs-Erklärung in Paris unterzeichnet."*

1939:
In diesem Jahr erhält Werner das Reifezeugnis (Abitur) von der Deutschen Oberschule für Knaben (sogenannte ´Adolf-Hitler-Schule`). Am 31. März scheidet er als ´Fähnleinführer` beim Deutschen Jungvolk (Fähnlein Chemnitz-Altendorf) aus. Einen Tag später, am 01. April, muss er beim ´Reichsarbeitsdienst` (RAD) einrücken; und zwar zur RAD-Abteilung 2/174, Lager Barbelroth A, zum Westwallbau. Für Maria ist ein Ausflug mit der Firma Rasch nach Dresden und die Einkehr im ´Letzten Seufzer` vermerkt.

15. März: *„Der tschechoslowakische Staatspräsident unterzeichnet unter Druck den Vertrag über die Schaffung des Reichsprotektorates Böhmen und Mähren; deutsche Truppen rücken in Böhmen und Mähren ein. Mit dieser Aktion, die wieder einmal geglückt zu sein scheint, zerstört Hitler endgültig internationales Vertrauen."*
23. März: *„Einmarsch deutscher Truppen ins Memelgebiet."*
26. März: *„Deutschland fordert von Polen Danzig und einen exterritorialen Korridor nach Ostpreußen. Dies lehnt Polen ab."*
31. März: *„Chamberlain gibt eine britisch-französische Garantie-Erklärung für Polen ab."*
7. April: *„Italien besetzt Albanien."*
13. April: *„Die britisch-französische Garantie-Erklärung wird auf Rumänien und Griechenland ausgedehnt."*
15. April: *„Hitler kündigt in einer Reichstagsrede das deutsch-britische Flottenabkommen und den deutsch-polnischen Nichtangriffspakt auf."*
17. April: *„Die UdSSR leitet in Berlin eine Annäherung an Deutschland, ein, während sie in Moskau mit Großbritannien über einen britisch-französisch-sowjetischen Dreierbund unter Einschluss Polens verhandelt. Sie setzt dieses Doppelspiel*

monatelang fort. "

Der Sommer des Jahres 1939 bringt für Werner einen Ausflug mit dem RAD per Bus nach Heidelberg. Wenige Tage nach seinem 19. Geburtstag, am 30. Juni, erhält er die Mitteilung vom Ministerium für Volksbildung in Dresden, dass er für den höheren Schuldienst im Lande Sachsen vorgemerkt wäre. Am 01. Juli wird er beim RAD zum ´Vormann` ernannt, was er bis zum 17. Oktober bleibt. Er scheidet laut eigener Worte ´in Ehren` mit der Führungsnote ´vorzüglich` aus.

Am 01. September wird Werner Parteianwärter der NSDAP, und das, wie er ausdrücklich feststellt, ungefragt.

23. August: *„Abschluss des deutsch-sowjetischen Nichtangriffs-Paktes mit einem geheimen Zusatzprotokoll. "*
25. August: *„Englisch-polnischer Bündnisvertrag zum Zwecke der gegenseitigen Beistandsleistung unterzeichnet. "*
29. August: *„Hitler hält seine Forderungen gegenüber Polen hinsichtlich der Herausgabe von Danzig und der Schaffung eines Korridors aufrecht. Der britische Botschafter in Berlin wird um Vermittlung gebeten, dass bis zum 30. August ein bevollmächtigter Vertreter Polens in Berlin erscheinen möge. Der britische Botschafter Henderson bezeichnet diese Forderung als ultimativ. "*
1. September: *„Da bis zum 30. August kein polnischer Unterhändler in Berlin eingetroffen ist, befiehlt Hitler den Angriff auf Polen. "*
3. September: *„Hitler lehnt die von England und Frankreich gestellten Forderungen ab, seine Truppen auf das Reichsgebiet zurückzuziehen. Mit dem Ablauf des britischen Ultimatums um 11 Uhr und des französischen um 17 Uhr ist auch im Westen der Kriegszustand eingetreten. "*
12. September: *„Schlacht an der Bzura. "*
17. September: *„Das deutsche U-Boot ´U 29` versenkt den britischen Flugzeugträger ´Courageous`. Beginn des sowjetischen Einmarsches in Ostpolen. "*

18. September: *„ Warschau wird eingeschlossen. "*
Am 27. September erfolgt dessen Kapitulation.
6. Oktober: *„Ende der Kampfhandlungen in Polen. Im deutsch-sowjetischen Grenz- und Freundschaftsvertrag werden u.a. Danzig, Oberschlesien und die 1919 an Polen abgetretenen Gebiete dem Reich einverleibt. Das übrige, nicht von der UdSSR beanspruchte Gebiet Polens wird einem deutschen Generalgouverneur unterstellt. "*
12. Oktober: *„Hitlers Friedensappell an die Westmächte, den neuen status quo anzuerkennen, wird von Chamberlain abgelehnt. "*
14. Oktober: *„Das deutsche U-Boot ´U 47` versenkt in Scapa Flow das britische Schlachtschiff ´Royal Oak`. "*
8. November: *„Attentatsversuch auf Hitler im ´Bürgerbräukeller` in München. "*

Heute ist ein großes Porträt des 1903 in Württemberg geborenen Tischlers und Kunstschreiners Johann Georg Elser in Berlin im sogenannten ´Bendlerblock` in Berlin zu sehen. (Wikipedia 2019: „Das Attentat war sorgfältig vorbereitet: In der Nacht des 2. November brachte Elser die Sprengkörper in einer Aushöhlung in einer Säule an, die er wiederum zusätzlich mit Sprengstoff und Pulver verfüllte. Am Morgen des 6. November stellte er die beiden Uhrwerke des Zündapparats auf den Abend des 8. November ein. Dann flüchtete er Richtung Schweiz, wurde jedoch gefasst, verhaftet und starb am 9. April 1945 im KZ Dachau. Das Attentat scheiterte, weil Hitler direkt nach seiner – wohl verkürzten - Rede München wegen eines Termins in Berlin verließ. Etwa 13 Minuten nach dessen Abgang explodierte die Bombe im Pfeiler.")

Auf der anderen Seite des Raumes, dem Porträt von Elser gegenüber, ist ein gleichgroßes von Graf Stauffenberg angebracht. In dem Museum befindet sich eine beeindruckende Darstellung des Widerstands im 3. Reich. (siehe Dokumentation im Museum).

30. November: *„Angriff Stalins auf Finnland, das nicht wie die baltischen Staaten der UdSSR Stützpunkte einräumen wollte. "*

In seinen persönlichen Notizen berichtet Werner von seinem Studienbeginn an der Hochschule für Lehrerbildung in Leipzig am 1. Dezember 1939 (*„es waren damals auch für Lehrer an Höheren Schulen zwei Pflichtsemester an der Hochschule für Lehrerbildung vorgesehen, ehe mit dem Fachstudium an der Universität begonnen werden durfte. Diese Vorschrift aber wurde noch im Dezember 1939 angesichts des Krieges aufgehoben.“*) Deshalb wird er schon nach kurzer Zeit am 20. Dezember exmatrikuliert, da dieser Teil des Studiums nicht mehr erforderlich war. Noch in demselben Monat nimmt er wieder seinen Dienst beim ʹDeutschen Jungvolkʹ als ʹJungstammführerʹ in Leipzig-Schkeuditz auf.

Maria besteht, ebenfalls im Dezember, die Geschäftsstenographenprüfung mit 150 Silben pro Minute.

1940:
Zunächst beginnt das neue Jahr zufriedenstellend für Werner. Er nimmt das Studium in den Fächern Germanistik, Geographie und Russisch auf und beendet sein erstes Trimester. Das folgende startet am 05. April. Zuvor, am 21. März, hatte er die Mitteilung erhalten, er sei nunmehr als ʹzahlendes Mitgliedʹ in die NSDAP aufgenommen.

Maria schließt ihre Lehre bei der Firma Rudolf Rasch, Möbelstoffe, in Chemnitz mit der Prüfung vor der Industrie- und Handelskammer ab. Als Abschluss erhält sie den Kaufmannsgehilfenbrief. Sie wird von der Firma übernommen.

12. März: *„Stalin beendet im Frieden von Moskau den sowjetisch-finnischen Krieg aus Furcht vor dem Eingreifen der Westmächte. Finnland muss u.a. die karelische Landenge an die UdSSR abtreten.“*
9. April: *„Deutschland besetzt Dänemark fast kampflos und alle norwegischen Häfen bis hinauf nach Narvik nach heftigem Widerstand der Norweger. Die norwegischen Landstreitkräfte und die alliierten Truppen werden geschlagen. Die Alliierten schiffen*

sich ein. "

10. Mai: *„Beginn des deutschen Angriffs im Westen gibt dem britischen Bomberkommando den Bombenkrieg im deutschen Hinterland frei (Churchill)."*

14. Mai: *„Rotterdam kapituliert nach einem raschen Landvorstoß und nach Luftlandungen in der 'Festung Holland'."*

17. Mai: *„Kampflose Einnahme von Brüssel. Belgien kapituliert, König Leopold III. begibt sich in deutsche Kriegsgefangen-schaft."*

20. Mai: *„Die Deutschen überwinden die Ardennen, brechen bei Sedan durch bis zur Somme-Mündung und schließen durch eine Nordschwenkung die französische Nordgruppe ein."*

26. Mai: *„Die britische Armee setzt sich nach Dünkirchen ab. Sie rettet sich über den Kanal unter Zurücklassung ihrer gesamten Ausrüstung in Dünkirchen, das am* 4. Juni *eingenommen wird."*

5. Juni: *„Deutsche Vorstöße gegen die Seine und die untere Marne, ab* 9. Juni *auch Richtung Schweizer Grenze in den Rücken der französischen Maginot-Linie".*

11. Juni: *„Italien tritt auf deutscher Seite in den Krieg ein."*

14. Juni: *„Kampflose Besetzung von Paris."*

22. Juni: *„Abschluss eines Waffenstillstands mit der unter Marschall Pétain neugebildeten französischen Regierung. Deutschland besetzt Nord- und Westfrankreich und hat damit die Atlantik- und Kanalküste ganz in der Hand. Frankreich darf seine Flotte behalten. Der Regierungssitz von Pétain ist Vichy im unbesetzten Teil Frankreichs. General de Gaulle bildet in London ein Nationalkomitee der Freien Franzosen, das von England anerkannt wird."*

3. Juli: *„England vernichtet die vor Oran liegende französische Flotte, damit sie Hitler nicht in die Hände fällt. Pétain bricht daraufhin die diplomatischen Beziehungen zu England ab."*

13. August: *„Beginn der Luftschlacht um England."*

6. September: *„Von nun an auch Bombenangriffe der deutschen Luftwaffe auf englische Städte. Dies ist die entscheidende Wende zum totalen Luftkrieg."*

Weil der Krieg weiter eskaliert, wird Maria im Juli gemäß einer allgemeinen polizeilichen Verfügung zum Luftschutz-Hilfsdienst herangezogen.

Werner kann sein 2. Trimester an der Universität Leipzig beenden, beantragt wegen der baldigen Einziehung zum Wehrdienst jedoch seine Exmatrikulation. Dies teilt er in nüchternen Worten mit. Das dies auch das Ende seines Berufswunsches bedeutete, ahnte er zu dieser Zeit nicht. Sein Abgangs-Führungszeugnis enthält die lapidare Bemerkung: ´Ohne Bestrafungen`. Im August findet wieder ein Sommerlager des Deutschen Jungvolks statt, an dem er als Jungstammführer in Colditz teilnimmt. Für August notiert er drei Impfungen gegen Typhus und Paratyphus. Am 11. September scheidet er als Jungstammführer beim Deutschen Jungvolk aus.

Maria erhält am 26. August den vorläufigen Bescheid zur Heranziehung zum Reichsarbeitsdienst (RAD) und wir am 3. September gemustert. Sie ist 18 Jahre alt, als sie zum RAD 4/161/4/9 nach Trautenau im Riesengebirge eingezogen wird.

Der 20jährige Werner wird Rekrut (Dienstgrad ´Schütze`) beim Infanterie-Ersatz-Bataillon 102 in Chemnitz und erhält die Mitteilung über das Ruhen seiner NSDAP-Mitgliedschaft. Am 9. November erhält er nachträglich vom Jungbann Leipzig seine Ernennung zum ´Fähnleinführer` als Dienstrang. *„Das bedeutete z.B., dass ich ohne Heiratslizenz der Reichsjugendführung Berlin nicht hätte heiraten dürfen"*. Werner erwähnt sowohl eine Pockenschutzimpfung als auch seine Versetzung als Rekrut und ´Schütze` zum Infanterie-Lehrregiment in Döberitz-Elsgrund bei Berlin: „Unser Quartier war das Olympische Dorf mit Zweimannstuben. Ich teilte meine mit Marias Bruder, Waldemar Johannes, ohne seine Schwester schon zu kennen."

28. Oktober: *„Italienische Truppen rücken von Albanien aus in Griechenland ein. Der Angriff bleibt stecken; die Griechen ihrerseits erobern ein Drittel Albaniens."*
9. Dezember: *„Italien verliert die Cyrenaika an die Briten und*

bittet Deutschland um Hilfe. "

Das Jahr **1941** beginnt.

6. Februar: *„Aufstellung des deutschen Afrikakorps unter General Rommel. Die Briten können zwar aus der Cyrenaika vertrieben werden, aber Tobruk fällt nicht. "*

Für den 24. März folgt eine private Eintragung, in der erwähnt wird, dass Maria als ´Kameradschaftsälteste` mit der Führungsnote ´vorzüglich` aus dem RAD entlassen wurde. Sie meldet sich von Mittel-Langenau nach Chemnitz um. Am 1. April tritt sie ihren Dienst beim Reichsluftschutzbund (RLB) im Angestelltenverhältnis in der Ortsgruppe Chemnitz-Ost an.

6. April: *„Die Briten greifen die Italiener in Abessinien an und nehmen Addis Abeba. Der Negus Haile Selassi I. kehrt in sein Land zurück. Am gleichen Tag beginnt der deutsche Feldzug gegen Jugoslawien und Griechenland. "*

17. April: *„Die jugoslawische Armee kapituliert. "*

21. April: *„Nach dem Durchbruch der deutschen Truppen durch die Metaxaslinie streckt auch die griechische Armee die Waffen. Griechenland wird besetzt. "*

Bevor im Mai die Seeschlachten auf dem Atlantik beginnen, in deren Verlauf die ´Bismarck` versenkt wird, wird das Bataillon des Infanterie-Lehrgangs nach Abschluss von Werners Rekrutenzeit zu Lehrvorführungen auf dem Truppenübungsplatz Döberitz eingesetzt. Er wird ´Oberschütze`. Maria unternimmt eine Maifahrt mit dem RLB und Werner erhält Nachimpfungen gegen Typhus und Paratyphus.

1. Juni: *„Die Eroberung Kretas wird nach harten Kämpfen deutscher Fallschirmjäger und Gebirgstruppen beendet. Die britischen Truppen schiffen sich nach Ägypten ein. "*

4. Juni: *„Kaiser Wilhelm II. im Exil im Haus Doorn, Provinz Utrecht, gestorben. "*

22. Juni: *„Beginn des deutschen Angriffs auf die UdSSR auf breiter*

Front zwischen Ostsee und Karpaten und von Rumänien aus. Auf dem Feldzug nehmen auf unserer Seite Italien, Rumänien, die Slowakei, Finnland und Ungarn teil."

Für den 9. Juli erfolgt eine sehr traurige Notiz: „*Mein Bruder Walter Herbert fällt durch einen Volltreffer auf sein Panzerabwehrgeschütz als Kriegsfreiwilliger bei Tolotschin an der Autobahn Minsk-Moskau.*"

Etwa einen Monat später erhält Werner Erholungsurlaub von Döberitz-Elsgrund nach Chemnitz bis zum 22. August.

10. September: „*Beginn der Kesselschlacht von Kiew. Deutsche Truppen dringen durch das Donezbecken und entlang des Asowschen Meeres vor. Damit ist die russische Südfront zerschlagen, das südrussische Industriegebiet in deutscher Hand.*"

Am 1. Oktober wird Werner zum Gefreiten ernannt und als Rekrutengefreiter weiterhin zu Lehrvorführungen eingesetzt. Für den 2. Oktober vermerkt Werner, dass sich die gemeinsamen Wege von ihm und Marias Bruder Johannes getrennt haben, weil Werner in einer anderen Kompanie tätig werden musste. Sein Freund wurde mit seiner Kompanie zu Lehrvorführungen nach Chinou, Frankreich, verladen. Im Laufe des Oktobers wird Maria innerhalb des RLB zur Bezirksgruppe 3, Chemnitz, versetzt. Sie erhält ´besonderen Dank und Anerkennung für die hervorragende Mitarbeit an der RLB-Mappe der Ortsgruppe Chemnitz-Ost.

2. Oktober: „*Die Heeresgruppe Mitte vernichtet in den Kesselschlachten von Brjansk und Wjasma starke sowjetische Kräfte und stößt Richtung Moskau vor. Stalin weicht mit seiner Regierung nach Kujbyschew aus.*"
1. Dezember: „*Japan erklärt den USA und Großbritannien den Krieg.*"
7. Dezember: „*Überraschungsschlag der japanischen Trägerflugzeuge gegen den Hauptstützpunkt der amerikanischen Pazifikflotte in Pearl Harbour (Hawaii).*"

11. Dezember: *„Deutschland und Italien erklären den USA den Krieg."*

Weiter heißt es bei Werner für den Monat Dezember: *„Der deutsche Angriff in Russland bleibt vor Moskau stecken. Die deutschen Truppen werden durch den harten Winter, auf den sie nicht vorbereitet sind, und durch eine zunehmende Partisanentätigkeit auf 76 % ihres Bestandes reduziert. Der Partisanenkampf bindet allmählich ganze Divisionen. Im Reich werden ´Wollsammlungen` für die Truppen im Osten organisiert."*

1942

Ein weiteres Kriegsjahr beginnt.

15. Februar: *„Die Japaner nehmen Singapur."*

März: *„Es werden immer mehr Fremdarbeiter ins Reichsgebiet geholt, weil eigene Arbeitskräfte fehlen. Die Zahl der Fremdarbeiter steigt bis Kriegsende auf 7,5 Millionen an."*

7. März: *„Die Japaner schließen die Besetzung ganz Indonesiens ab."*

6. Mai: *„Der letzte US-Stützpunkt kapituliert auf den Philippinen. Die Japaner erobern die Salomonen und bedrohen Indien und Australien."*

13. Mai: *„Die deutsch-italienische Front in Tunesien bricht zusammen, die letzten Einheiten ergeben sich."*

21. Juni: *„Nach wochenlangen deutschen Angriffen auf die 8. britische Armee in Nordafrika, die dabei in zwei Teile zersprengt wird, kapituliert Tobruk."*

28. Juni: *„Die Heeresgruppe Süd beginnt den Angriff aus dem Raum östlich von Charkow-Kursk. Übergang über den Don und Donez. Im Kaukasus gelingt es nicht, die Russen ´ins Meer zu treiben.` Die 6. deutsche Armee (Generalfeldmarschall Paulus) bleibt bis Oktober an der Wolga vor Stalingrad stecken."*

August: *„Höhepunkt der ´Schlacht im Atlantik` (bis Mai 1943) durch deutsche U-Boot-Gruppenoperationen.*

7. August: *„Landung der USA auf den Salomoneninseln. Die schrittweise Rückeroberung der in Asien verlorenen Gebiete ist*

damit eingeleitet. "

23. Oktober: „ Beginn der britischen Gegenoffensive in Afrika unter General Montgomery. Nach der Landung britischer und amerikanischer Truppen in Nordwestafrika muss Generalfeldmarschall Rommel in Tunesien eine zweite behelfsmäßige Front zur Abschirmung nach Westen hin aufbauen. "

Mit diesen Worten enden die politischen Notizen für das Jahr 1942. Persönlich geschieht nichts Außergewöhnliches: Maria wird auf Grund einer allgemeinen polizeilichen Verfügung zur Dienstleistung im ´Selbstschutz` herangezogen. Werner erhält 16 Tage Erholungsurlaub von Döberitz-Elsgrund nach Chemnitz, wird im Juli gegen Tetanus geimpft. Maria reist im Sommer während ihres Urlaubs privat ins Riesengebirge und besucht dort u.a. auch ihr ehemaliges RAD-Lager. Im September beginnt sie den Lehrgang ´Hausfeuerwehr, Kriegsausbildung`, der bis zum 1. Oktober dauert. Ende Dezember erhält Werner einen kurzen Erholungsurlaub in Chemnitz vor seiner Abkommandierung zur Kriegsschule Potsdam.

1943:
Das fünfte Kriegsjahr beginnt. Für Werner bedeutet es eine Beförderung: Er wird am 01. Januar zum Unteroffizier ernannt und am 15. Januar zur Kriegsschule III für Offiziersanwärter der Infanterie in Potsdam kommandiert. Am 1. März wird er zum Feldwebel und Reserveoffiziersanwärter und am 1. April zum Leutnant ernannt. Damit ist die Rückversetzung zum Infanterie-Lehrregiment Döberitz-Elsgrund verbunden. Sein Gehalt beträgt 350 Reichsmark (RM) monatlich zzgl. Wehrsold (1 RM pro Tag, an der Front dann 2 RM). Wie er uns Kindern verdeutlichte, hat er versucht, trotz des Krieges das Beste aus seiner Situation zu machen. Am 9. April, anlässlich der Beendigung der Kriegsschule Potsdam, erhält er einen 9-tägigen Sonderurlaub und fährt nach Kommotau im Sudetenland, um einen ehemaligen Kameraden in der Kriegsschule zu besuchen.

Maria wird, so eine polizeiliche Verfügung, ab 20. Januar als „Melder im Luftschutz" eingesetzt. Am 31. März meldet sie sich freiwillig als ´Stabshelferin` zur Wehrmacht und scheidet aus dem RLB aus. Ihre Arbeit beginnt am 1. April bei der Heeresstandort-verwaltung Chemnitz. In ihren Erzählungen betonte sie später, dass es einfach ihr Wunsch war, als 21jährige ihr Elternhaus zu verlassen und Neues kennenzulernen. Am 29. April beginnt sie daher einen Fortbildungslehrgang als Stabshelferin in Bensheim an der Bergstraße. Ein Ausflug führt sie von dort nach Heidelberg. Ebenso wie Werner erhält sie eine weitere Impfung gegen Typhus und Paratyphus. Am 15. Mai kommt es zu einer großen Veränderung: Maria wird zu einem Einsatz in Italien abkommandiert. Ihre Dienststelle befindet sich in Marina, 30 km von Rom entfernt. Am 21. Mai tritt sie ihren Dienst bei der „O.B. Süd, Quartier Rom", an.

Zurück zu Werner: Am 8. Juni erhält er eine Impfung gegen Cholera. Vom 15. August bis zum 1. September verbringt er einen Erholungsurlaub in den Grenzbauten in Trautenau im Riesengebirge, wo er eine junge Dame mit ihrem Bruder kennenlernt, wie er sachlich notiert. Das Foto hat er immer behalten. Doch er war er nicht „standesgemäß", wie wir seinen seltenen Erzählungen zu diesem Thema entnahmen.

In diesem Jahr geschehen noch zwei gravierende Dinge: Am 13. Oktober wird Werner verwundet. Bei einer Lehrvorführung kommt es durch ein Artilleriegeschoss zu einem Zertrümme-rungsbruch seines linken Ellenbogens. Er wird ins Reservelazarett 101, Döberitz-Elsgrund eingeliefert und von Prof. Dr. Woyteck, einem Schüler von Prof. Sauerbruch, operiert. Etwas schreibt Werner nicht, er sagt es später nur: Wäre er mit seinen Kameraden gleichfalls nach Italien gegangen, wäre er nicht zurückgekommen – alle, von denen er Abschied genommen hat, sind dort geblieben. Sein Freund und späterer Schwager geht mit dem Infanterie-Lehrregiment nach Italien zum Fronteinsatz.

Mit Blick auf die politischen Ereignisse hält Werner fest:

2. Februar: „*Katastrophe von Stalingrad: Die 6. deutsche Armee unter Generalfeldmarschall Paulus muss die Waffen strecken.*"

24. Mai: „*Großadmiral Dönitz bricht die Geleitzugbekämpfung im Nordatlantik nach mehreren schweren Misserfolgen ab. Die Gegner haben inzwischen im U-Boot-Krieg ihre Abwehr (Ortungsgeräte, Radar, Asdic Sonar usw.) ständig verbessert.*"

10. Juli: „*Landung der Alliierten auf Sizilien.*"

13. Juli: „*Abbruch der letzten deutschen Offensive bei Kursk.*"

24. Juli: „*Ein großer Teil der Wohnviertel Hamburgs wird bis 3. August durch britische Bomber vernichtet.*"

25. Juli: „*Mussolini tritt zurück und wird auf Befehl des italienischen Königs gefangengesetzt.*"

10. September: „*Deutsche Truppen besetzen Rom.*"

12. September: „*Mussolini wird durch deutsche Fallschirmjäger aus seiner Haft auf dem Gran Sasso d`Italia befreit.*"

18. November: „*Beginn der immer schwerer werdenden Bombenangriffe auf Berlin und Ausdehnung der Luftangriffe auf alle deutschen Groß- und Mittelstädte.*"

28. November: „*Beginn der Teheran-Konferenz zwischen Roosevelt, Churchill und Stalin.*"

26. Dezember: „*Das Schlachtschiff 'Scharnhorst` sinkt im Gefecht mit britischen Seestreitkräften im Eismeer.*"

1944:
Januar: „*Die rote Armee greift an und dringt bis April bis zur ehemaligen polnischen Grenze vor.*"

Persönlich ereignet sich 1944 auch vieles. Von Maria berichtet Werner Folgendes: „*Einsatz von Maria im Führerhauptquartier, Abt. Qu, bis zur Kapitulation im Mai 1945; und zwar wechselnde Einsatzorte in Berlin, in Rastenburg/Ostpreußen und in Strub bei Berchtesgaden...*" Dort war sie für die Beschaffung von Treibstoffnachschub für Flugzeuge zuständig. Im Frühjahr wird sie mit anderen Stabshelferinnen anlässlich eines Besuchs von Mussolini nach Schloss Kleßheim zu einem Empfang durch den

„Führer" eingeladen. Davon, wie der „Führer" ihr die Hand reicht, gibt es ein Foto, aber *„er sah niemanden an."* Nicht nur Maria war darüber enttäuscht, dass Hitlers Blick schon weiter zur Seite schweifte.

„30. Januar: Man verleiht mir das Kriegsverdienstkreuz 2. Klasse mit Schwertern." Anfang Februar wird sein Freund Johannes, der Bruder von Maria, bei schweren Gefechten um Monte Casino in Italien schwer verwundet,so dass ein Bein amputiert werden musste. Wir lernten ihn viele Jahre später im damaligen Karl-Marx-Stadt kennen. Wegen seiner Behinderung fuhr er einen umgebauten „Wartburg". Sein Leben lang litt er unter Phantomschmerzen.

Mitte Februar erhält Werner zunächst einen Monat Ambulanz-urlaub, den er mit eingegipstem Arm und Brustgips antritt. Dieser Ambulanzurlaub wird mehrfach verlängert, erst im September wird er aus dem Reservelazarett entlassen. Er verbringt ihn in Döberitz, Schmiedeberg im Riesengebirge, Chemnitz und Johannisbad im Sudetenland. Nach seiner Entlassung am 4. September wird er, noch mit Armgipsschale, zum Infanterie-Ersatz-Bataillon 102 nach Chemnitz zum Kasernendienst versetzt. Seine Feldpost-Nr. lautete 58237 B. Vom 1. bis 3. Oktober erhält er einen kurzen Sonderurlaub, der ihn nach Berlin führt. Am 1. November wird er gegen Typhus, Paratyphus und Ruhr geimpft. November: *„Ich erhalte den Befehl, zur Dezemberoffensive eine Marschkompanie von Chemnitz an die Westfront zu führen, immer noch mit Armgipsschale. In Daun in der Eifel wird unser Zug zerbombt, so dass wir bis zur Übergabe der uns Anvertrauten zu Fuß weitermarschieren mussten. Den Rückweg nach Chemnitz habe ich allein bewältigen müssen, teils zu Fuß, teils per Bahn unter ständigen Bomben- und Tiefliegerangriffen. In diesem Durcheinander zerbrach auch meine Armgipsschale."*

Politisch ereignete sich in der Zwischenzeit Folgendes:
4. Juni: *„Die Alliierten nehmen Rom ein."*
6. Juni: *„Landung der Alliierten mit 6.400 Landungsfahrzeugen in*

der Normandie."

9. Juni: „*Eine russische Offensive beginnt, die mit dem Durchbruch durch die karelische Front in Finnland endet. Der neue finnische Ministerpräsident bricht die diplomatischen Beziehungen zu Deutschland ab und verlangt den Rückzug der deutschen Truppen.*"

12. Juni: „*Erstmals Einsatz eines flugzeugähnlichen Raketengeschosses, der 'V 1' gegen England.*"

22. Juni: „*Beginn eines Großangriffs der UdSSR auf die Heeresgruppe Mitte, deren Hauptteil bald kapitulieren muss.*"

13. Juli: „*Die rote Armee erreicht den San und die Weichsel.*"

20. Juli: „*Bombenattentat im Führerhauptquartier durch Graf Schenk von Stauffenberg. Hitler wird nur leicht verletzt, von Stauffenberg und 2 weitere Offiziere werden sofort erschossen. Der Volksgerichtshof beginnt im Anschluss daran mit einer Reihe von Schauprozessen und verhängt unentwegt Todesurteile, die durch Strang oder Beil zu vollziehen sind und denen bedeutende Persönlichkeiten zum Opfer fallen wie Goerdeler, Popitz, Leuschner, Leber, ehemalige Gewerkschaftsführer und Geistliche beider Konfessionen. Die Prozesse ziehen sich bis 1945 hin. Die Generäle von Kluge und Bock sowie Generalfeldmarschall Rommel entziehen sich dem Gericht durch Selbstmord.*"

Über die Aufregung nach diesem Attentat hätte Maria, die im äußersten Kreis des Führerhauptquartiers arbeitete, einiges berichten können, aber weder sie noch ihre Kameradinnen erzählten je von dieser Zeit.

23. August: „*Rumänien befiehlt die Einstellung des Kampfes gegen die rote Armee und erklärt Deutschland den Krieg.*"

25. August: „*General de Gaulle zieht in Paris ein.*"

5. September: „*Die UdSSR erklärt Bulgarien den Krieg und besetzt das Land.*"

8. September: „*Erstmals Abschuss des unter Leitung von General Dornberger hergestellten, frontverwendungsfähigen Raketengeschosses – der dem Volk eingeredeten und vom Volke*

erwarteten 'Wunderwaffe 'V 2' – gegen England (Reichweite zuletzt 370 km)."

Ein Thema, dem Werner kaum ein Wort widmet, ist die Luftkriegsführung der Westalliierten seit 1942. Am 11. September 1944 wird Werners Heimatstadt Chemnitz zum Teil zerstört. „Im Zuge der Luftangriffe erfolgte ein gezielter Angriff auf das Werk Siegmar der Auto Union, das die Hälfte aller Motoren für die Panzer „Tiger" und „Panther" baute. 74 B-17-Bomber, begleitet von 20 Mustang-Jägern, warfen 450 Spreng- und viele Brandbomben auf Industrieanlagen und Wohnhäuser. Im Auto-Union-Werk kamen 85 Menschen, darunter 41 Fremdarbeiter, ums Leben. Im Wohngebiet von Siegmar starben 21 Einwohner." (Quelle: Wikipedia, 2019)

Die Feuerhölle von Hamburg zwischen dem 24. und 25. Juli und dem 27. und 28. Juli 1943 wird von Werner nur kurz gestreift, auch die massive Zerstörung Leipzigs am 4. Dezember 1943 wird von ihm nicht erwähnt. Auf den Luftangriff auf Dresden 1945 geht er ein (siehe 13.2.1945).

19. September: „*Der von Finnland erzwungene Waffenstillstand wird unterzeichnet.*"
25. September: „*Alle wehrfähigen Männer zwischen 16 und 60 Jahren werden zum 'Volkssturm` aufgerufen , dessen Leitung den Gauleitern der NSDAP unterliegt (sogenanntes 'letztes Aufgebot`).*
20. Oktober: „*Belgrad wird von der Roten Armee und von Titos Partisanen erobert.*"
2. November: „*Der deutsche Rückzug aus Griechenland ist beendet.*"
12. November: „*Schwere britische Bomber versenken das Schlachtschiff 'Tirpitz` bei Tromsö.*"
16. Dezember: „*Beginn der deutschen Ardennenoffensive, die jedoch Mitte Januar 1945 im Maasbogen steckenbleibt.*"

1945:
Der Krieg reißt weitere Wunden.

31. Januar: *„Die Russen erreichen Frankfurt an der Oder, stehen vor Breslau und bedrohen Berlin. "*
4. Februar: *„Konferenz von Jalta mit Stalin, Roosevelt und Churchill, wo u.a. der Beschluss gefasst wird, Deutschland in Besatzungszonen aufzuteilen. "*
5. Februar: *„Beginn der Austreibung aller Deutschen aus Ostpreußen und den Gebieten ostwärts der Oder-Neiße-Linie. "*
12. Februar: *„Nunmehr werden auch alle Frauen und Mädchen zum Hilfsdienst im 'Volkssturm` aufgerufen. "*
13. Februar: *„Schwerer britisch-amerikanischer Luftangriff auf Dresden, das von Flüchtlingen vollgestopft ist. Die Schätzungen über die Zahl der Toten schwanken zwischen 60.000 und 200.000! "*

In demselben Monat wird Werner zum Kriegseinsatz an die Ostfront abkommandiert. Manches Mal kam Werner auf die eisigen Nächten dort zu sprechen. Den Morgen hätten nur die erlebt, die sich eng an einen Kameraden geschmiegt hätten, um sich gegenseitig zu erwärmen. Weder Kleidung noch vorhandenes Material hätten ausgereicht.

5. März: *„Der Jahrgang 1929 wird zum Militärdienst (16jährige!) eingezogen. "*
März: *„Frankfurt am Main wird von den Amerikanern besetzt. "*
7. März: *„Die Amerikaner nehmen Köln. "* April: *„Die Amerikaner und die 1. französische Armee besetzen u.a. Stuttgart, München, Braunschweig, Kassel, Magdeburg und Leipzig. "*
1. April: *„Die 10. amerikanische Armee landet auf Okinawa. Von dort aus werden die amerikanischen Luftangriffe auf das japanische Mutterland intensiviert. "*

An demselben Tag, am 1. April, erhält Werner die Ernennung zum Oberleutnant.

9. April: *„Die deutsche Front in Italien bricht restlos zusammen. "*
13. April: *„Nach heftigen Kämpfen mit der roten Armee gehen Ungarn und Wien verloren. "*
25. April: *„Es findet die erste Berührung der amerikanischen*

Truppen unter General Eisenhower, der aus politischen Gründen an der Elbe und Mulde stehenbleibt, mit russischen Truppen bei Torgau statt. Am gleichen Tag wird auch die Gründungsurkunde der Vereinten Nationen (UNO) auf der Konferenz in San Fncisco festgelegt."

(Wikipedia 2019: „28. April: „Der ´Elbe Day` ist ein Gedenktag des Zweiten Weltkriegs. Die erste Begegnung US-amerikanischer und sowjetischer Truppen auf deutschem Boden fand am 25. April 1945 um 12:00–13:00 Uhr auf den Elbwiesen in Lorenz- kirch bei Strehla statt. (…) Am 27. April reichten sich Leutnant Robertson und Leutnant Silwaschko die Hand zum offiziellen Foto. Bekannter als dieses Bilddokument ist heute jedoch eine andere Fotografie, die auf der zerstörten Torgauer Elbebrücke aufgenommen wurde und zeigt, wie sie sich dort freudig begrüßen. Mit diesem symbolischen „Handschlag von Torgau" schloss sich – für die Weltöffentlichkeit sichtbar – die Lücke zwischen der deutschen Ost- und Westfront. Das Ende des Zweiten Weltkrieges in Europa rückte greifbar nahe.")

29. April: „*In Italien wird der Waffenstillstand von deutschen militärischen Bevollmächtigten unterzeichnet.*"
30. April: „*Hitler ernennt Großadmiral Dönitz zu seinem Nachfolger, bezeichnet in seinem Testament Göring und Himmler als Verräter und begeht im ´Führerbunker` in Berlin Selbstmord.*"
2. Mai: „*Berlin kapituliert vor den Russen. Die Briten dringen über Italien nach Kärnten und in die Steiermark vor.*"
3. Mai: „*Die Amerikaner und die 1. französische Armee besetzen Salzburg und danach Vorarlberg, Tirol, das Salzkammergut, Oberösterreich und Westböhmen.*"
4. Mai: „*Generaladmiral von Friedeburg unterzeichnet im Hauptquartier Montgomerys bei Lüneburg die Kapitulation an der britischen Front, in den Niederlanden und in Dänemark.*"
5. Mai: „*Beginn der Austreibung der Sudetendeutschen aus der Tschechoslowakei.*"
7. Mai: „*Generaloberst Jodl unterschreibt die Gesamtkapitulation*

der deutschen Wehrmacht im Hauptquartier Eisenhowers in Reims."

9. Mai: *„Die Gesamtkapitulation tritt in Kraft, nachdem Generaloberst Jodl auch im russischen Hauptquartier in Karlshorst unterschrieben hatte."*

5. Juni: *„Die vier verbündeten Regierungen übernehmen die Regierungsgewalt über Deutschland in den Grenzen von 1937. Es wird in vier Zonen aufgeteilt, Großberlin wird eine 'Viersektorenstadt'. Gleichermaßen wird Österreich und Wien regiert."*

17. Juli: *„Beginn der bis zum 2. August dauernden Potsdamer Konferenz zwischen Stalin, Truman und Churchill, der am 29. Juli von Attlee abgelöst wird. Königsberg und Nordostpreußen werden der UdSSR, das übrige Ostdeutschland bis zur Oder-Neiße-Linie bis zu einer endgültigen Friedenskonferenz Polen zur Verwaltung übergeben. Weiter wird vereinbart, dass Deutschland 2 Jahre lang Reparationen aus Guthaben, Gold und laufender Produktion sowie aus Schiffsbesitz und Fabrikeinrichtungen zu entrichten hat. Außerdem wird die sofortige 'Demontage' der über den Friedensbedarf hinausgehenden Industriewerke in die Wege geleitet. Ferner werden Deutschland die Besatzungskosten auferlegt."*

6. August: *„Da die japanische Antwort auf die Forderung der 'Großen Drei' in Potsdam, Japan möge bedingungslos kapitulieren, unzureichend ausfällt, entscheidet Präsident Truman, die erste Atombombe auf Hiroshima abzuwerfen."*

9. August: *„Eine zweite Atombombe fällt auf Nagasaki, nachdem die UdSSR tags zuvor Japan den Krieg erklärt hatte."*

10. August: *„Japan kapituliert bedingungslos."*

Oktober: *„Das Internationale Militärtribunal nimmt in Nürnberg gegen die ersten 24 'Kriegsverbrecher' seine Tätigkeit auf."*

Dezember: *„In den drei Westzonen werden die Parteien CDU, CSU, SPD, FDP und KPD zugelassen."*

Wie geht es Werner in dieser Zeit? Am 7. Mai 1945 erfährt er, dass ihm das ´Eiserne Kreuz 2. Klasse` verliehen worden ist. Einen Tag später erreicht ihn und seine Kameraden der Regimentsbefehl: *„Deutschland hat kapituliert, der Krieg ist zu Ende; jeder versuche, irgendwie nach Hause zu gelangen."* Werner: *„Am 10. Mai ´begrabe` ich meine Pistole, 7,65-iger Kaliber, in Waltersdorf bei Böhmisch-Leipa. An diesem Tage treffe ich Herrn von Jakobi, der mich überredet, nicht nach Chemnitz zurückzugehen, sondern mit ihm nach Göttingen zu gehen, das wahrscheinlich außerhalb der russischen Besatzungszone bleiben werde und wohin seine Frau evakuiert worden sei. Für ihn als russischen Emigranten und Adeligem war es lebensnotwendig, ein Zusammentreffen mit den Russen zu vermeiden. Er vertraute sich meiner Führung an."*

Am 17. Mai werden beide bei Leipzig, wohin sie sich von Böhmen aus zu Fuß durchgeschlagen hatten, von US-Truppen gefangen genommen und ins Kriegsgefangenenlager Helfta bei Naumburg eingeliefert. Am 19. Juni erfolgt Werners Entlassung aus dem Lager nach Göttingen. Dort ist er laut Mitteilung des Rektors der noch geschlossenen Universität für das Studium vorgemerkt und zu Aufbauarbeiten an der Universität verpflichtet. Im Oktober meldet er sich polizeilich in Göttingen von der Lotzestraße 14 nach dem Friedländerweg 1 um. Seine Wirtin, Frau Rohde, lernten wir Kinder Jahre später bei einem Besuch kennen. Ich erinnere mich an ein sehr enges Wohnzimmer, Häkeldeckchen und Fotoalben. Am 1. November stellt das Arbeitsamt Göttingen Werner eine Teilbeschäftigten-karte als Student aus.

Maria erhält am 3. Juni ihren Entlassungsschein aus der ´Deutschen Wehrmacht` durch die Zonen-Kontroll-Kommission des VI. Korps Artillerie (USA) in Ebersberg / Bayern ausgestellt. Am 17. November bekommt sie einen Personalausweis der Britischen Besatzungszone in Heinum, Alfeld.

1946:
Der Krieg ist vorüber, die Nachwirkungen sind es nicht. Zunächst stehen für Werner jetzt private Aspekte im Vordergrund. Maria, so

schreibt er, habe von Oberst i.G.a.D. Pollak, Oberquartiermeister Hauptquartier Gebiet ´F` in Putlos ein Zeugnis ausgestellt bekommen. Sie meldet sich polizeilich in Heinum, Kreis Alfed, ab. Am 3. Februar habe sie den Flüchtlingsmeldeschein (mit Untersuchung) für die „Flucht" von Heinum nach Chemnitz erhalten. Nach dortiger polizeilicher Anmeldung in der Uhlichstraße 38 sei ihr das Zuzugsrecht bescheinigt worden. Außerdem wurden ihr eine Bescheinigung über den Aufbau-Arbeitsdienst als Studierende an der Akademie für Technik in Chemnitz und ein Studien-Anmeldeschein ausgestellt. Am 5. April sei ihr eine Arbeitskarte über den Einsatz im Baubüro Chemnitz, Architekt Kurt Jonas, ausgestellt worden. Mit Datum 16. Juli endet ihre letzte Arbeitskarte.

Werner selbst muss sich im April aus finanziellen Gründen an der Universität Göttingen exmatrikulieren. Es gelingt ihm, zwei Privatstunden zu übernehmen: *„Eine für den Sohn des Klempners Oberdieck und eine für die Tochter des Bäckermeisters Revermann. Letztere war insofern von großer Bedeutung, weil ich bei der großen Lebensmittelknappheit und der seit 1945 eingeführten strengen Rationalisierung durch Lebensmittelkarten wenigstens stets bis zur Aufhebung der Rationalisierung im Jahre 1948 genügend trockenes Brot hatte. "*

Am 29. April beginnt er – auf Empfehlung von Herrn Jakobi - bei der kleinen Firma Besdow in Göttingen als Hilfsschachtmeister zu arbeiten und erhält 3 Wochen später einen entsprechenden Ausweis. Inhaber war ein ´deutsch sprechender emigrierter Russe`, so Werner in seinen Erinnerungen.
Am 4. Mai erhält er den großen Alliierten-Fragebogen, den er ausfüllen und abgeben muss.
Am 11. Juni erwirbt Werner einen Gasthörerschein für die Universität Göttingen. Sein Wiederzulassungsantrag zum Sommersemester 1946 wird mit der Begründung `Überfüllung` abgelehnt.

Maria muss im August Chemnitz fluchtartig verlassen, *„weil sie wegen ihrer Tätigkeit im Führerhauptquartier denunziert worden ist. Sie trifft nach strapaziöser Überwindung der stark abgesicherten russischen Demarkationslinie bei mir in Göttingen ein. Durch Vermittlung ihres Bruders Johannes hatte ihr meine Mutter die Adresse gegeben. So lernten wir uns persönlich kennen – und lieben, nachdem ich vorher von ihrem Bruder Johannes in unserer gemeinsamen Unterkunft beim Infanterie-Lehrregiment in Döberitz-Elsgrund nur von ihr gehört und ständig ihre gerahmte Fotografie vor Augen hatte. Wir fahren beide tags darauf ins Notaufnahmelager Friedland bei Göttingen, verlassen das Lager aber heimlich wieder, weil die Wartefristen für eine Unterbringung irgendwo in den drei Westzonen viel zu lang sind. Da über Göttingen eine Zuzugssperre verhängt ist, nicht aber über Duderstadt/Eichsfeld, will es Maria nun dort versuchen. Sie findet relativ rasch Arbeit und Unterkunft.“*

Am 16. August meldet sich Maria in der kleinen Stadt in Südniedersachsen in der Bahnhofstraße 18 als Untermieterin bei Fräulein Creydt an. Sie muss dort den Fragebogen der britischen Besatzungszone ausfüllen. Am 19. August nimmt sie dann ihre Arbeit als Kontoristin bei der Firma ´Mareno-Schuh und Leder` auf. Werner in Göttingen – Maria in Duderstadt, das bedeutete Wochenendbesuche bis 1948. Die ca. 30 km zwischen beiden Städten legt Werner zumeist mit dem Bus zurück, manchmal benutzt er auch das Firmenfahrrad der Firma Besdow. Es kommt auch vor, dass er die Strecke zu Fuß im Laufschritt zurücklegt, *„stets mit einem Laib Brot in der Tasche.“*

Die Politik betreffend notiert Werner:
22. April: *„In der Ostzone fusionieren die Parteien KPD und SPD zur Sozialistischen Einheitspartei SED.“*
„Am 1. Oktober werden die ersten Urteile im Nürnberger Kriegsverbrecherprozess gefällt: Zum Tod durch Erhängen werden Göring, von Ribbentrop, Keitel, Rosenberg, Frick, Frank, Streicher, Kaltenbrunner, Sauckel, Jodl, Seiß-Inquart und Borman verurteilt,

zu lebenslänglichem Zuchthaus Heß, Funk und Raeder, zu 20
Jahren Gefängnis von Schirach und Speer, zu 15 Jahren von
Neurath und zu 10 Jahren Dönitz. Schacht, von Papen und
Fritzsche werden freigesprochen. Die Häftlinge werden ins
Spandauer Gefängnis überführt. Schon vor Prozessbeginn hatte
sich Ley, vor der Urteilsverkündung Göring das Leben genommen.
Bis 1950 werden weitere Kriegsverbrecherprozesse in den USA
gegen Ärzte (wegen medizinischer Versuche an
Konzentrationslagerhäftlingen), gegen Juristen, Industrielle,
Generäle und hohe Beamte durchgeführt, die ebenfalls mit
Todesurteilen, Gefängnisstrafen und einigen Freisprüchen enden.
Die Häftlinge werden jeweils nach Landsberg am Lech gebracht."

Eine gravierende Auswirkung des Krieges mit vielen menschlichen
Tragödien lässt Werner unerwähnt: Den **Hungerwinter 1946/47**
(November 1946 bis März 1947). (Wikipedia 2019: „Es war einer
der kältesten Winter in Deutschland seit Jahrzehnten und gilt als
strengster Winter des 20. Jahrhunderts im Nordseeraum. In seiner
Silvesterpredigt rechtfertigte der Kölner Erzbischof Joseph
Kardinal Frings Mundraub für den Eigenbedarf; das Organisieren
von Nahrung und Kohle wird daraufhin auch „fringsen" genannt.
Anfang Januar 1947 brach eine Kältewelle über Westeuropa herein.
Ab dem 21. Januar 1947 traf die Kältewelle auch die Britischen
Inseln. Kälte und Schneefälle beeinträchtigten das öffentliche
Leben. Zahlreiche Menschen starben in meterhohen Schnee-
verwehungen. Es kam im Vereinigten Königreich und Irland zu
Stromrationierungen, weil Kohlekraftwerke zu wenig Kohle hatten.
Ab dem 10./11. März ließ die Kälte nach; im Zuge des Tauwetters
kam es zu Hochwassern und Überschwemmungen.(...) Die
Lebensmittelversorgung brach vielerorts zusammen, vor allem in
den städtischen Ballungszentren. Die Lebensmittelkrise hatte schon
Anfang 1946 begonnen. In Deutschland starben nach Schätzungen
von Historikern mehrere hunderttausend Menschen; etwa zeitgleich
starben in der Sowjetunion während der Jahre von 1946 bis 1948
zwei Millionen Menschen an den Folgen des Hungers und extremer

Wetterbedingungen.")

1947:
Die Notizen zur politischen Lage fallen für dieses Jahr sehr kurz
aus:

*„Beginn des ersten Indochina-Krieges, der bis 1954 dauert. Die
Alliierten lösen den Staat Preußen auf."*
5. Juni: *„ Der Marshallplan (das europäische Wiederaufbau-
programm) tritt in Kraft. Er wird zur ´Initialzündung` für die
westeuropäische Wirtschaft."*
31. Oktober: *„In Genf unterzeichnen 23 Staaten das GATT-
Abkommen (General Agreement on Tarifs and Trade)."*

Für das Jahr 1947 überwiegt der private Teil erstmals bei Weitem.
Werner beschreibt, wie Maria und er schwarz über die russische
Zonengrenze gehen. In seinen mündlichen Erzählungen schildert
er, wie schwierig es war, sich lautlos durch das Gehölz zu
schleichen. Von der Grenze aus geht es heimlich mit dem Zug nach
Chemnitz. Dort verloben sich beide. Weil kein Geld für goldene
Ringe vorhanden ist, kaufen sie Verlobungsringe aus Silber, die sie
erst Jahrzehnte später, als sie nicht mehr ansehnlich sind, in
rotgoldene tauschen.

Am Samstag, 17. Mai, findet die Trauung im Duderstädter Rathaus
statt. Am folgenden Tag werden sie in der St. Servatius-Kirche in
Duderstadt kirchlich von Pastor Rehkopf getraut. Der von Maria
und Werner gemeinsam ausgesuchte Trauspruch lautet: „Wer da
kärglich säet, wird auch kärglich ernten; aber wer da säet im Segen,
der wird auch ernten im Segen". Wenn sie von dieser Hochzeit
sprach, erwähnt Maria das aus Resten genähte Brautkleid und das
Wetter: Als sie die Kirche verließen, fielen einige Regentropfen,
anschließend schien wieder die Sonne: *„ Das bedeutet Glück."*
„Die Hochzeitsfeier richten Kalkbrenners aus", hält mein Vater
fest. Dies könnten die Gärtnereibesitzer gewesen sein, bei denen
Maria inzwischen wohnte.
21. Mai: *„Harzwanderung (sozusagen unsere Hochzeitsreise): Mit*

dem Zug bis Gieboldehausen, dann 11 km zu Fuß bis Herzberg,
von dort mit der Bahn bis St. Andreasberg Reichsbahnhof und mit
der Zahnradbahn zur Stadt. Danach Fußwanderung bis Braunlage.
Von dort per Bahn zurück über Walkenried und Wulften nach
Duderstadt.“

Am 25. Juli beendet Maria ihre Tätigkeit bei der Firma ´Mareno
Schuh und Leder`. Am 1. August wird Werners Antrag auf Zahlung
einer Schwerbeschädigtenrente auf Grund 50%iger
Erwerbsminderung genehmigt.
8. September: *„Die Firma Besdow schließt wegen betrügerischen*
Bankrotts; ich werde arbeitslos.“
15. September: *„Ich ziehe als ´Vertreter` durch die Stadt, um*
Wollreste und Lumpen für die Firma Henning, Stade, zu sammeln,
was aber so gut wie nichts einbringt.“

Im Oktober fährt Maria auf Kurzbesuch nach Gießen zu ihren
Onkeln Hans und Alfred, um für Werner bei ihnen Arbeit im
Verlagswesen zu finden, jedoch ohne Erfolg. Meine Eltern
besuchten sie einmal mit uns Kindern Jahre später, doch verlief
dieser Besuch nicht besonders herzlich.

1948:
30. Januar: *„Mahatma Gandhi in Indien von einem indischen*
Nationalisten ermordet.“
April: *„Erste Tagung des Europarates.“*
16. April: *„Auf der Grundlage des Marshallplanes finden sich 16*
europäische Staaten zur wirtschaftlichen Zusammenarbeit in der
OEEC (Organization of European Economic Cooperation)
zusammen.“
14. Mai: *„Proklamation des unabhängigen und souveränen Staates*
Israel.“
20. Juni: *„Währungsreform in den 3 Westzonen; statt Reichsmark*
nunmehr DM. Der Umrechnungsfaktor beträgt 10:1.“

Über die Währungsreform, die am 20. Juni 1948 in den drei
westlichen Besatzungszonen Deutschlands in Kraft trat, klärt

Wikipedia 2019, folgendermaßen auf: „Ab dem 21. Juni 1948 war dort die Deutsche Mark („DM", auch „D-Mark") alleiniges gesetzliches Zahlungsmittel. Die beiden bisher gültigen Zahlungsmittel Reichsmark und die (zu ihr fest im Verhältnis 1:1 notierende) Rentenmark (beide abgekürzt als „RM") wurden zwangsumgetauscht und dabei mehr oder weniger im Nennwert herabgesetzt. Die Währungsreform von 1948 gehört zu den bedeutendsten wirtschaftspolitischen Maßnahmen der deutschen Nachkriegsgeschichte."

Situation bis zur Währungsreform:
(Wikipedia 2019: „1936 bis 1945 war durch die Finanzierung der Aufrüstung bzw. ab Beginn des Krieges aus Geldschöpfung und Zwangsabgaben aus besetzten Gebieten ein umfangreicher Geldüberhang mit Inflation ... entstanden. Kurz vor Kriegsbeginn begann außerdem die Bewirtschaftung: Es gab Nahrungsmittel – zu festgesetzten Preisen – nur noch auf monatlich ausgegebene Lebensmittel-karten und fast alle sonstigen zivilen Güter nur gegen einen zu beantragenden Bezugsschein, womit die Bedeutung des Geldes deutlich verringert wurde. Gleichzeitig verhinderte man durch Devisenverkehrsbeschränkungen den Abfluss überschüssigen Geldes. Die Grundprinzipien der Preisbildung durch Angebot und Nachfrage waren damit für Waren und auch für den Außenwert der Reichsmark außer Kraft gesetzt.

Bis Mitte 1948 war die RM das allein in Deutschland gültige Zahlungsmittel. Die Ausgabe von Besatzungsgeld steigerte aber die Geldmenge, während das Güterangebot sich durch Einschränkungen bei der landwirtschaftlichen Produktion, Demontage von Produktionsstätten, Weiterführung der Zwangsbewirtschaftung durch die Alliierten und das (trotz Verbotes zunehmende) Horten von Waren verringerte. Letzteres erfolgte in Erwartung einer Währungsreform und führte zum Ansteigen der Bestände von Halbfabrikaten und Rohstoffen in den Betrieben. Die bisherige Währung hatte so ihre Funktionen als Zahlungsmittel und Wertaufbewahrungsmittel weitgehend eingebüßt. Sie wurde teilweise durch Tauschhandel und auf dem überall blühenden schwarzen Markt durch Sachwertwährungen ersetzt, wie der sogenannten Zigarettenwährung, dem „Ami", was von amtlicher Seite mit nur mäßigem Erfolg bekämpft wurde.

Diese Situation bestand mehr oder weniger in allen vier Besatzungszonen und in Berlin. Daraufhin schlugen die USA und Großbritannien im Februar 1948 im Alliierten Kontrollrat vor, anstelle der RM eine neue Währung für Gesamtdeutschland einzuführen. Auch nach Einsetzen eines Arbeitsausschusses konnte aber keine Einigung mit der sowjetischen Seite erzielt werden. Einerseits hatte diese kein Interesse an einer wirtschaftlichen Belebung in den Westzonen, andererseits gab es keine Einigkeit über die politisch wichtige Frage, durch wen und wie die neue Währung kontrolliert werden solle.")

Die Währungsreform bildete nicht selten einen Gesprächsstoff am Mittagstisch. Ich höre meine Mutter noch resigniert und kritisch sagen, wenn sie von dieser Zeit sprach: „Vor der Reform waren die Geschäfte leer, auf den Regalen lag nichts, es gab nichts zu kaufen. Und für den, der nichts zu tauschen hatte, wurde auch unter dem Ladentisch nichts hervorgeholt. Jedoch merkwürdig genug: Am Tag danach waren plötzlich jede Menge Waren vorhanden, seien es Strümpfe, Schuhe, Lebensmittel, Seife oder Luxusartikel jeglicher Art."

23. Juni: *„Die UdSSR beschließt Hals über Kopf für ihre Zone auch eine Währungsreform. Die Meinungsverschiedenheiten zwischen den 3 Westmächten und der UdSSR vergrößern sich ständig."*
24. Juni: *„Die UdSSR schneidet die 3 Westsektoren Berlins völlig von der Außenwelt ab, weil dort auch die neue DM gelten soll. Die Westmächte richten daraufhin die 'Luftbrücke' nach Berlin ein, die die Stadt 13 Monate lang aus der Luft versorgt. In Berlin bilden sich 2 Magistrate."*

Anfang Januar, am 06.01.1948, erblickt mein Bruder Peter zwischen 17 und 18 Uhr das Licht der Welt im Krankenhaus Duderstadt/Eichsfeld. Am 2. Mai wird er in der St. Servatius-Kirche getauft, in der ein Jahr zuvor Maria und Werner getraut worden waren. Am 13. Juli erfolgt der Umzug von Duderstadt nach Göttingen in eine 1-Zimmer-Wohnung ´Am Weißen Stein 13`, wo die junge Familie in einem Untermietverhältnis nun zu dritt lebt. Werner erinnerte sich an so manche Episode dort. Wenn das Baby zu laut schrie, wurde mit dem Besenstiel gegen die Decke geklopft. Dann ging er mit freundlichem Gesicht nach unten um nachzufragen, ob Hilfe benötigt würde. Erst am 10. Dezember 1951 finden sie eine größere Wohnung mit Küche, in der ein Kohleherd steht, Toilette, Wohnzimmer mit Ofenheizung, Schlafzimmer und Abstellkammer im Kreuzbergweg.
Im Sommer 1948 beendet Werner sein ´Arbeitsverhältnis` als ´Vertreter` bei der Stader Firma und findet eine Beschäftigung als Aushilfsangestellter bei der Gothaer Lebensversicherung a. G.. Zunächst für 3 bis 4 Monate eingestellt, erhält er im Februar des kommenden Jahres einen festen Arbeitsvertrag und bleibt dort sein gesamtes Arbeitsleben bis zur Rente. Aus der Anfangszeit stammt ein Foto mit Werner pfeiferauchend am Schreibtisch an seiner Rechenmaschine. Er beendet seine berufliche Laufbahn als Handlungsbevollmächtigter in der mathematischen Abteilung. Im September kommt Werners Mutter aus Chemnitz zu Besuch. Gemeinsam besuchen sie den Mitternachtsgottesdienst in der St. Albani-Kirche in Göttingen.

1949 wurde ich in Göttingen an einem Freitag im Februar gegen 21 Uhr geboren. Bis Werner im Laufschritt die Hebamme erreicht und zum Weißen Stein gebracht hatte, war ich bereits gesund und munter auf der Welt. Am 22. Mai erhielt ich die Taufe in der Albani-Kirche. Den Mitternachtsgottesdienst feierten Maria und Werner in diesem Jahr in der St. Johanniskirche.

1949 „...schließen sich die westlichen Besatzungsmächte zur Trizone zusammen. "

25. Januar: „Die UdSSR gründet in Warschau mit Polen, Bulgarien, Ungarn, Rumänien und der Tschechoslowakei den 'Rat für gegenseitige Wirtschaftshilfe' (COMECON). "

4. April: „Abschluss des Nordatlantikpakts (NATO). "

23. Mai: „Durch das vorläufige Grundgesetz wird die Bundesrepublik (BRD) als parlamentarischer Parteienstaat mit Gewaltenteilung geschaffen. Bundestag, Bundesrat und Bundespräsident sind Organe des staatlichen Lebens neben dem Bundeskanzler, der die Richtlinien der Politik verantwortlich übernimmt. Die vorläufige Hauptstadt wird Bonn. "

3. August: „Der Europarat (zur Verständigung über gemeinsame politische Fragen) wird offiziell gegründet. "

14. August: „Erste Bundestagswahlen. Konrad Adenauer wird Bundeskanzler und bildet eine Regierung aus CDU/CSU, FDP und DP. Prof. Dr. Theodor Heuß wird Bundespräsident. "

1. Oktober: „Gründung der Volksrepublik China unter Mao Tse-tung. "

7. Oktober: „Die vorläufige Volkskammer in Ost-Berlin setzt die Verfassung einer Deutschen Demokratischen Republik (DDR) in Kraft. Wilhelm Pieck wird Präsident, Otto Grotewohl Ministerpräsident der Republik. "

13. Oktober: „Der Deutsche Gewerkschaftsbund (DGB) entsteht als Dachorganisation von 16 Gewerkschaften. Als Vertreter der Arbeitgeber hat sich die Bundesvereinigung der Deutschen Arbeitgeber (BDA) gebildet. "

1950 „entscheidet sich die Bundesregierung für die 'Soziale Marktwirtschaft'.

Chiang Kai-scheck zieht sich nach seiner Niederlage auf dem chinesischen Festland nach Formosa (Taiwan) zurück. "

6. Januar: „Walter Ulbricht (DDR) spricht in Warschau die endgültige Anerkennung der Oder-Neiße-Linie als Grenze aus. Er steht damit im krassen Gegensatz zur Bundesregierung. "   Juni:

„Beginn des Koreakrieges, der bis 1953 andauert. Nordkorea greift Südkorea an und besetzt den größten Teil des Landes. UN- und US-Truppen intervenieren und dringen nach Norden vor. China greift in die Kämpfe ein."
29. September: *„Die DDR wird Mitglied des COMECON."*
1. Oktober: *„Mit dem Bundesversorgungsgesetz übernimmt der Bund anstelle der Länder die Kriegsopferversorgung."*

Nach dem Jahr 1950 beziehen sich die persönlichen Notizen auf Impfungen, ein mehrjähriges Theaterabonnement und detaillierte Darstellungen der Stücke und Schauspieler, erste, kleinere Einkäufe, die das Leben erleichtern oder seltene Besuche von Familienmitgliedern aus der ´DDR`. D.h., das Leben beginnt sich zu ´normalisieren`:

1951:
„Die Post erteilt uns die Rundfunkgenehmigung für Göttingen, Am weißen Stein 13."
18. April: *„Vertrag über die Gründung der europäischen Gemeinschaft für Kohle und Stahl (Montanunion) in Paris zwischen Frankreich, Italien, den Beneluxstaaten und der BRD."*
Außerdem erwähnt Werner das Interzonenabkommen zwischen der Bundesrepublik und der DDR, das einen Warenaustausch nach Verrechnungseinheiten vorsieht.
9. Juli: *„Die Westmächte erklären den Kriegszustand mit Deutschland für beendet."*

1952 kommen Marias Eltern als Flüchtlinge aus Chemnitz ohne Hab und Gut über Berlin nach Göttingen und beziehen die kleine Abstellkammer - ´vorübergehend`, wie Werner ironisch notiert, denn der Zustand größter Enge dauerte etliche Zeit.

Erst nach und nach werden, 70 Jahre und mehr nach Kriegsende, die Archive geöffnet und Informationen, die lange im Verborgenen ruhten, ans Licht der Öffentlichkeit gebracht. Was Werner aus vielen Quellen akribisch zusammengetragen hat, ist ein Bruchteil unseres heutigen Wissens. Die Zeitzeugen erfuhren Dinge, die mit ihnen verschwanden, wenn sie, was vielfach der Fall war, nicht darüber sprachen. So benutzte Adolf Hitler z.B. eine Schreibmaschine mit sehr großen Tasten und einem Abstand zwischen den Zeilen, weil er stark kurzsichtig war. Die Öffentlichkeit hat ihn nie mit Brille gesehen. In die Texte konnten so vom inneren Zirkel Sätze oder Worte eingefügt werden, die Hitler nie sah.

Jede Zeit hat ihr Wissen und ihre Möglichkeiten und jeder einzelne seine persönlichen Erfahrungen. Was mögen beide über ihre Jugend gedacht haben? Eines sagten sie einstimmig: „Der Krieg hat uns unser Zuhause genommen und unsere Jugend gestohlen." Kameraden und Freunde sind umgekommen. Der Krieg ist in die Familien eingebrochen, hat Leben und Existenzen vernichtet, vertrieben, getrennt. Nein, Werner schreibt nicht über persönliches Leid. Er schreibt in dürren Worten seine Geschichte. Und er beendet sie nicht mit der Erklärung des Endes des Kriegszustandes. Für ihn gehen historische und private Ereignisse parallel weiter bis zu seiner schweren Erkrankung, die sich Anfang der 90er Jahre ankündigte. Die Erinnerungen enden 1997 mit den Worten: *„Silvester zu Hause"*.

Familienchronik
ab 1854 im Rahmen allgemeiner historischer Daten

Es war einmal … So beginnen Märchen, aber auch Chroniken. Es
war einmal ein Mann, der liebte Zahlen und Daten - zum Glück für
die Nachkommen. Werners Aufzeichnungen (siehe 1. Teil)
beginnen im Jahr 1854. Dem Autor standen zunächst nur spärliche
oder unvollständige Notizen, Ahnenpässe, Impfbeschei-nigungen,
Schul- und Firmenzeugnisse, Wehrmachtsdokumente oder
-entlassungsscheine, Theaterprogrammhefte oder vereinzelt
aufbewahrte Rechnungen aus der Vergangenheit sowie amtlich
beglaubigte Unterlagen zur Verfügung. Für die Zeit vor 1969
versichert er zwar die Richtigkeit, nicht jedoch die Vollständigkeit
der Darstellung.

Wer an die Familie denkt, dem scheint die Vergangenheit nahe, die
Historie jedoch weit entfernt. Doch beides ist ineinander verwoben.

Zur Zeit des Krimkrieges zwischen Russland und der Türkei (1853
– 1856) wird am 20. April **1854** Georg Seiler, Werners Großvater
mütterlicherseits in Schwarzenbach/Saale geboren.
Der Frieden von Paris beendete den Krimkrieg: *„Russland gibt die
Schutzherrschaft über die Christen in der Türkei und über die
Donaufürstentümer auf. Das Schwarze Meer wird neutralisiert.
Russland darf hier keine Kriegsschiffe halten. Die Donausschiff-
fahrt wird für frei erklärt.“*

1858 erblickte Louise Henriette Marie Schröter, Marias Großmutter
mütterlicherseits in Bad Kösen bei Naumburg das Licht der Welt.

1859 beschloss die Genfer Konvention *„die Verbesserung des
Loses der Verwundeten bei den im Felde stehenden Heeren. Ihr
Symbol: Ein Rotes Kreuz auf weißem Felde.“* In demselben Jahr

wird der spätere Kaiser Wilhelm II. am 27. Januar in Potsdam geboren. Lange Jahre wurde an diesem Tag Kaisers Geburtstag gefeiert. Wenn der Januarhimmel blau erstrahlte, hieß es: „Wir haben Kaiserwetter."

Am 10. November beendete der Frieden von Zürich den „Italienischen Einigungskrieg" (Frankreich und Sardinien gegen Österreich).
In die 1850ger und 60ger Jahre fielen der Tod des Dichters Heinrich Heine, des Komponisten Robert Schumann und des Philosophen Arthur Schopenhauer, wie Werner in seiner Dokumentation festhält.

Über das Jahr **1861** vermerkt Werner folgendes: *„J. Philipp Reis konstruiert das erste Telefon." „Der Sezessionskrieg beginnt in den USA (Bürgerkrieg Nord gegen Süd)." „Friedrich Wilhelm IV. von Preußen im Schloss Sanssoucie gestorben. Wilhelm I. besteigt den Thron."*

Im Herbst dieses Jahres, am 03. September, erblickt Lina Auguste Klemm, Werners Großmutter väterlicherseits in Schellenberg bei Augustusburg das Licht der Welt. Am 15.09. wird Georg Victor Bruno Schröter, Marias Großvater väterlicherseits in Bad Kösen geboren. Es ist gleichzeitig das Geburtsjahr von Gerhard Hauptmann. Am 23. September wird Fürst Otto von Bismarck preußischer Ministerpräsident.

Leipzig-Eutritzsch ist am 6. Dezember 1863 der Geburtsort von Adolf Paul Rabes, Marias Großvater mütterlicherseits, und 1864 wird Paul Theodor Findeisen, Werners Großvater väterlicherseits in Waldkirchen/Erzgebirge geboren.
Politisch geschieht Folgendes: „Beginn des Krieges von Preußen und Österreich gegen Dänemark."
30. Oktober: „Ende des deutsch-dänischen Krieges. Frieden von

Wien: Schleswig wird künftig von Preußen, Holstein von Österreich verwaltet."

1865: „*Ende des Sezessionskrieges in den USA (Sieg der Nordstaaten.*"

1866: „*Erste unterseeische Kabelverbindung über den Ozean von Irland nach Neufundland.*" Laut Wikipedia schickte jedoch „bereits 1811 der Deutsche Samuel Thomas von Soemmerring elektrische Signale durch einen mit Kautschuk isolierten Draht, welcher bei München durch die Isar verlegt worden war. Diese frühen Versuche krankten jedoch vor allem an geeigneten Isolierungen. So wurden für die Idee der Verlegung von Unterwasserkabeln seit Erfindung der elektrischen Telegraphen mehrere Methoden ausprobiert. Doch erst die Erfindung der Guttapercha-Presse 1847 durch Werner von Siemens machte für die Unterwasserverlegung gut isolierte Kabel möglich.

Am 28. August 1850 wurde zwischen Dover und Cap-Gris-Nez bei Calais das erste Seekabel verlegt, das jedoch bereits nach der Übertragung eines ersten Telegramms am nächsten Tag von einem Fischereiboot mit seinen Netzen unterbrochen wurde. Ein Jahr darauf wurde ein armiertes Seekabel zwischen Großbritannien und Frankreich verlegt. Dieses bewährte sich und löste die Verlegung weiterer Seekabel aus – mit nicht immer langer Haltbarkeit.

Weitere Versuche, wie die Verlegung eines Kabels im Mittelmeer zwischen Algerien und Sardinien scheiterten jedoch zunächst an mangelhafter Ausrüstung. So fehlte zum Beispiel eine geeignete Kabelbremse, mit der man das Abrollen des Kabels von der Kabeltrommel auch bei großen Wassertiefen steuern konnte. Eine solche wurde erst mit Werner Siemens' Bremsdynamometer verfügbar."

15. Juni **1866**: „*Beginn des Krieges zwischen Österreich (das durch die vier Königreiche Bayern, Hannover, Sachsen und Württemberg sowie durch Baden, Kurhessen, Hessen-Darmstadt, Nassau, Meiningen, Reuß ältere Linie, Frankfurt a.M unterstützt wurde) gegen Preußen (im Bunde mit den kleineren nord-deutschen*

Staaten).
3. Juli: „Schlacht bei Königgrätz. Sieg der Preußen. General von Moltke preußischer Generalstabschef."
23. August: „Frieden von Prag. Österreich muss die Auflösung des Deutschen Bundes und die Kleindeutsche Lösung akzeptieren."
20. September: „Preußen annektiert Hannover, Kurhessen und Frankfurt a.M."

Marias Großmutter väterlicherseits, Agnes Löschke, wird am 14. August **1868** in Chemnitz geboren.

13. Juli **1870**: *„Bismarcks 'Emser Depesche'. Daraufhin Kriegserklärung Frankreichs."* (Laut Wikipedia ist „die Emser Depesche ein regierungsinternes Telegramm vom 13. Juli 1870. Darin unterrichtete der Diplomat Heinrich Abeken den norddeutschen Bundeskanzler Otto von Bismarck in Berlin über die Vorgänge in Bad Ems: Ihr (der französische) Botschafter Vincent Benedetti reiste in den Kurort Bad Ems und sprach dort mehrmals mit König Wilhelm I. Der König sollte für alle Zukunft eine erneute Kandidatur von Hohenzollern ausschließen. Höflich verweigerte sich Wilhelm einer solchen Zusage.

Abeken, der Mitarbeiter Bismarcks beim König in Bad Ems, informierte den Bundeskanzler im fernen Berlin darüber. Seine Emser Depesche beinhaltete auch den Wunsch Wilhelms, die Presse über den Kontakt mit dem französischen Botschafter zu informieren. Bismarck stellte in seiner Pressemitteilung den Kontakt als besonders schroff dar. Dies wurde in der französischen Öffentlichkeit als Provokation angesehen, in Deutschland führte sie hingegen zu Begeisterung. Aus der Frage der Thronfolge und diplomatischen Nadelstichen war eine Frage der nationalen Ehre geworden."

18. Juli 1870: *„Unfehlbarkeitsdogma des Papstes verkündet."*
01. September: *„Schlacht bei Sedan im Deutsch-französischen Krieg. Ein Teil des französischen Heeres kapituliert, ein Teil ist bei Metz eingeschlossen. Napoleon III. wird gefangen genommen.*

Sturz des französischen Kaisertums.“

20. September: *„Rom wird nach der Besetzung durch italienische Truppen Hauptstadt Italiens, nachdem Rom bis dahin als Vatikanstaat der weltlichen Herrschaft des Papstes unterstand.“*

18. Januar **1871**: *„Gründung des deutschen Reiches durch Bismarck. König Wilhelm I. von Preußen wird im Spiegelsaal zu Versailles zum Deutschen Kaiser gekrönt, Fürst von Bismarck wird Reichskanzler.“*
28. Januar: *„Übergabe von Paris an die deutschen Truppen.“*
26. Februar: *„Frieden von Frankfurt a.M.. Frankreich muss Elsaß-Lothringen abtreten und innerhalb von drei Jahren fünf Milliarden Francs zahlen. Zur Sicherheit bleiben die östlichen Départments Frankreichs besetzt.“*

Vor diesem Hintergrund beginnt das Leben von Anna Catharina Geymeier, Werners Großmutter mütterlicherseits, am 12. Februar 1871 in Schwarzenbach an der Saale.

*„**1874** wird die Zivilehe neben der bis dahin allein üblichen kirchlichen Ehe obligatorisch. Am 1. Februar wird Hugo von Hoffmannsthal in Wien geboren und im Folgejahr, am 6. Juni, Thomas Mann.“*

1876: *„Gründung der Reichsbank als Zentralnotenbank.“*

1879: *„Erfindung der elektrischen Beleuchtung (neben der seit 1814 in London und seit 1826 in Berlin üblichen Gasbeleuchtung) durch Thomas Alva Edison in New York (1847 – 1931) und der elektrischen Eisenbahn durch Werner von Siemens (1816 – 1892) in Berlin.“*
14. März: „Albert Einstein in Ulm geboren.“

Für das Jahr **1881** erwähnt Werner den Tod Feodor Dostojewskis in Sankt Petersburg.

Im Rückblick auf **1883** hält er fest: *„Von Bismarcksche Sozialgesetzgebung: Einführung der Krankenversicherung“* sowie

„Anfänge der Automobilkonstruktion durch Daimler. Patentierung Ende des Jahres." Außerdem vermerkt er den Tod von Richard Wagner in Venedig und von Karl-Marx in London.

1884: *„Einführung der sozialen Unfallversicherung* (Bismarcksche Sozialgesetzgebung). *„Gründung der deutschen Kolonien Togo, Kamerun, Deutsch-Südwestafrika und auf dem Bismarckarchipel."*

1887: *„Erstmals Herstellung und Beobachtung von elektrischen Wellen im Luftraum durch H.A. Hertz in Karlsruhe."*

In demselben Jahr, am 2. Oktober, ehelicht Paul Theodor Findeisen Lina Auguste Klemm in Stadt-Schellenberg bei Augustusburg. Das sind die Großeltern väterlicherseits.

1888 wurde bekannt als das „Dreikaiserjahr": *„Wilhelm I. stirbt, der kranke Kaiser Friedrich III. regiert bis zu seinem Tode nur drei Monate, danach wird Wilhelm II. gekrönt." „Theodor Storm in Hademarschen/Holstein gestorben."*

Die Bismarcksche Sozialgesetzgebung wird um die Einführung der Alters- und Invalidenversicherung erweitert. Am 31. Juli wird Louis Paul Unger, Werners späterer Stiefvater in Lugau / Erzgebirge geboren.

1890: *„20. März: Kaiser Wilhelm II. entlässt Reichskanzler von Bismarck wegen persönlicher Differenzen."* Gottfried Keller verstirbt im Sommer des Jahres.

Am 10. November erblickt Rudolph Max Findeisen, Werners Vater, in Stadt-Schellenberg das Licht der Welt.

1891: *„Deutschland übernimmt die Kolonie Deutsch-Ostafrika."*

1893 sterben, wie Werner notiert, Guy de Maupassant in Passy bei Paris und Peter Tschaikowsky in Sankt Petersburg. Erfreuliche Ereignisse im privaten Bereich sind zwei Hochzeiten: Am 20. November 1893 geben sich Adolf Paul Rabes und Henriette Marie Schröter, Marias Großeltern mütterlicherseits, in Chemnitz das Ja-Wort. Am 23. November heiraten Georg-Victor Bruno Schröter und

Mathilde Agnes Löschke, Marias Großeltern väterlicherseits in Chemnitz. Ihnen wird am 16. September**1894** in Chemnitz ein Sohn, Georg Victor Waldemar Schröter, Marias Vater, geboren.

Für **1895** vermeldet Werner wieder zwei Todesfälle: Nikolaj Leskow in Sankt Petersburg und Friedrich Engels in London.

1896: *„ 17. März: Anna Margaretha Elli Rabes, Marias Mutter, in Buchholz/Erzgebirge geboren. "*

1897: *„ Erstmals elektrische Wellen von G. Marconi zur drahtlosen Telegraphie benutzt. "*

1898*: „ Kiaochou mit Tsingtao wird deutsches Schutzgebiet. "* Es versterben in diesem Jahr Fürst Otto von Bismarck (20. Juli), Theodor Fontane und C. F. Meyer.

Geboren wird am 27. Februar Anna Margaretha Geymeier, Werners Mutter, in Schwarzenbach an der Saale.

1899: *„ Deutschland kauft von Spanien die Marianen, die Marschallinseln, die Karolinen und die Palauinseln in der Südsee. " (*Wikipedia 2019: „Die deutschen Schutzgebiete in der Südsee (völkerrechtlich betrachtet deutsche Kolonien) umfassten ein großes Gebiet großer und kleinster Inseln, die eine unterschiedliche Geschichte haben. Sie begründeten sich auf den kaiserlichen Schutzbrief für die Handelsniederlassungen deutscher Gesellschaften. Ihre deutsche Geschichte endete mit dem Ersten Weltkrieg.(...) Seit dem 18. Jahrhundert begleiteten deutschsprachige Reisende Forschungsexpeditionen in die Südsee und versuchten, in Konkurrenz zu anderen Ländern Handel zu treiben. Besondere Berühmtheit erlangte hierbei der Hamburger Kaufmann Johan Cesar Dodeffroy. 1857 gründete er eine Faktorei auf den Samoainseln (…). Ausgehend von Samoa konnte die Firma ein Handelsnetz aufbauen, das 45 Stationen unterhielt und die Tonga-, Salomon- und Marshallinseln sowie das spätere Bismarck-Archipel umfasste. Der Haupthandelsartikel war Palmöl, das zunächst flüssig in Fässern, später aber als Kern der Kokosnuss

(Kopra) ausgeführt wurde. Als Ergänzung der einheimischen Produktion ging die Firma zum Plantagenanbau über und holte ausländische Arbeiter aus Asien in die Südsee. Dies verstärkte aufgrund neuer Krankheitserreger und Alkoholeinfuhr den Niedergang insulaner Traditionen. (…) Reichskanzler Otto von Bismarck wollte es aus nationalem Interesse nicht dabei bewenden lassen. Er forcierte die Gründung einer Rettungsgesellschaft und legte 1880 dem deutschen Reichstag einen Vertrag vor, der eine staatliche Garantie beinhaltete, die sogenannte Samoa-Vorlage. Der Bundesrat stimmte der Vorlage am 15. April 1880 zu, jedoch entschied das Parlament am 27. April schließlich anders. Dennoch kann die Samoa-Vorlage als der Beginn der offiziellen deutschen Kolonialpolitik unter Bismarck betrachtet werden.")

Die Jahrtausendwende ist erreicht. **1900**: *„ Max Planck begründet die Quantentheorie. "*

1. Januar: *„Das Bürgerliche Gesetzbuch (BGB) tritt in Kraft. "*
2. Juli: *„Aufstieg des ersten Starrluft*schiffs *´LZ1`des Grafen Zeppelin am Bodensee. "* Außerdem: *„Tod Friedrich Nietsches in Weimar. "*

Für die Jahre **1901** und **1902** vermerkt Werner drei Todesfälle: Guiseppe Verdi, Prof. Dr. Rudolf Virchow und Anna Catharina Geymeier, Werners Großmutter mütterlicherseits (Allagen/ Westfalen, 17. August 1902).

1903: *„O. Und W. Wright unternehmen den ersten Motorflug. "*

1904: *„Beginn des russisch-japanischen Krieges. "* (Wikipedia 2019: „Der Russisch-Japanische Krieg begann im Februar 1904 mit dem Angriff des Japanischen Kaiserreichs auf den Hafen von Port Arthur und endete nach einer Reihe verlustreicher Schlachten im Sommer 1905 mit der Niederlage des Russischen Kaiserreichs. Der unter US-amerikanischer Vermittlung ausgehandelte Friedensvertrag von Portsmouth vom 5. September 1905 besiegelte den ersten bedeutsamen Sieg einer asiatischen über eine europäische Großmacht seit Jahrhunderten.")

1905: „*Albert Einstein stellt die Relativitätstheorie auf. Beginn der ersten Marokko-Krise*", die **1906** *endete, und zwar* „*mit einem Mißerfolg von Kaiser Wilhelm II. mit einer schweren diplomatischen Niederlage*".

1910: „*Robert Koch in Baden-Baden gestorben.*"

1911: „*Zweite Marokko-Krise (Panthersprung nach Agadir), wieder eine diplomatische Niederlage für Wilhelm II.*"

Auch der Familie steht in diesem Jahr eine gravierende Änderung bevor: „*Rudolph Max Findeisen, Werners Vater, wird zur Reichsmarine eingezogen und muss seine Dienstzeit bis 1914 in Tsingtao, Kiachou, ableisten.*"

1913: „*Ende des zweiten Balkankrieges im Frieden von Bukarest.*"

1914: „*Rudolph Max Findeisen nach seiner Rückkehr aus Tsingtao sofort als Marinesoldat, später als Unteroffizier und Feldwebel, bis 1918 an der Flandernfront im Stellungskrieg eingesetzt. Mit dem eisernen Kreuz (EK) 2. und 1. Klasse ausgezeichnet.*"

28. Juni: „*Das österreichische Thronfolgerpaar in Sarajewo ermordet.*"
28. Juli: „*Kriegserklärung von Österreich-Ungarn an Serbien.*
01. August: „*Kriegserklärung des Deutschen Reiches an Russland*" *und am 03. August an Frankreich.*"
04. August: „*Kriegserklärung Englands an das Deutsche Reich.*"
19. August: „*Schlacht bei Gumbinnen abgebrochen und am 20. August Ostpreußen bis zur Weichsel geräumt. Generaloberst von Hindenburg wird Oberbefehlshaber der 8. Armee.*"
23. August: „*Kriegserklärung Japans an das Deutsche Reich.*"
26. August: „*Großer Deutscher Sieg in der Schlacht bei Tannenberg, die bis zum 30. August andauert, über Russland (mehr als 93.000 Gefangene).*"
30. August: „*Die deutschen Truppen dringen bis zum 05.*

September über Luxemburg und Belgien bis an die Marne vor und bedrohen Paris. "

05. September: *„Bis zum 12. September Schlacht an der Marne. Der deutsche und der französische Vormarsch stocken. Die deutschen Truppen ziehen sich hinter die Aisne zurück, die Fronten erstarren, es beginnt der erbitterte Stellungskrieg im Westen. "*

06. September: *„Schlacht an den Masurischen Seen. Die Russen sind gezwungen, bis zum 15. September ganz Ostpreußen zu räumen (Oberbefehlshaber von Hindenburg). "*

28. September: *„Die 9. (schlesische) Armee unter ihrem Oberbefehlshaber von Mackensen erzwingt durch Gegenoffensiven den Stillstand des russischen Vormarsches nach Schlesien. Übergang zum Stellungskrieg. "*

02. bis 05. November: *„Kriegserklärungen von Russland, England und Frankreich an die Türkei. "*

Vor dem Jahreswechsel 1914/1915 geschah etwas, das zeigt, dass Soldaten auf der anderen Seite nicht `Feinde` sein müssen: Trotz der furchtbaren Kämpfe gab es den Weihnachtsfrieden (englisch Christmas truce ‚weihnachtliche Waffenruhe'). (Wikipedia 2019: „Er war eine von der Befehlsebene nicht autorisierte Waffenruhe während des Ersten Weltkrieges am 24. Dezember 1914 und an den folgenden Tagen. Sie fand an einigen Abschnitten der Westfront statt, wo es vor allem zwischen Deutschen und Briten in Flandern zu spontanen Fraternisierungen kam. Auch an Teilen der Ostfront gab es zu diesem Zeitraum keine Schusswechsel. Der Weihnachtsfrieden des Jahres 1914 bezeichnet heute vor allem die Ereignisse an der Front zwischen Mesen und Nieuwkapelle, an der sich Deutsche und Briten kriegerisch gegenüberstanden.")

1915:

„Georg Victor Waldemar Schröter, Marias Vater, wird zum Militär eingezogen. Nach der Ausbildung Fronteinsatz bis zum Kriegsende mit mehrmaliger Verwundung, darunter eine durch eine Giftgasgranate, als Soldat, Unteroffizier und Feldwebel mit dem Eisernen Kreuz ausgezeichnet. "

60

„Albert Einstein stellt die allgemeine Relativitätstheorie auf.
04. Februar: *„ Winterschlacht in Masuren bis zum 22. Februar: Die
10. russische Armee wird vernichtend geschlagen (über 100.000
Gefangene). "*
01. Mai: *„ Durchbruchsschlacht bei Gorlice-Tarnów bis zum
03. Mai: Die russische Front wird durchstoßen, die russische
Offensive zum Stehen gebracht. "*
07. Mai: *„ Ein deutsches U-Boot versenkt den englischen
Passagierdampfer ´Lusitania`, es kommen 1198 Personen ums
Leben, darunter 139 Amerikaner. "*
13. Mai: *„ Scharfe Protestnote der USA an das Deutsche Reich. "*
23. Mai: *„ Kriegserklärung von Italien an Österreich-Ungarn. "*
Juni: *„ Beginn der fünf Isonzoschlachten, die bis März 1916
andauern und in denen die Italiener vergeblich versuchten, die
österreichisch-ungarische Front zu durchbrechen. "*
05. August: *„Warschau wird von den deutschen Truppen besetzt. "*
06. September: *„Schlacht bei Tarnopol, die bis zum 19. September
andauert. "*
06. Oktober: *„Beginn der Serbienoffensive unter Generalfeldmarschall von Mackensen. "*
09. Oktober: *„ Belgrad erstürmt. "*
14. Oktober: *„Bulgarien erklärt Serbien den Krieg. Serbien wird
bis zum Dezember von den Deutschen, Österreichern, Ungarn
und Bulgaren erobert. "*

1915 geschieht noch etwas unglaublich Schreckliches, was Werner
nicht erwähnt: Im April 1915 setzten die Deutschen Giftgas als
moderne Massenvernichtungswaffe ein.

1916:
21. Februar: *„ Beginn des deutschen Angriffs auf Verdun. "*
25. Februar: *„Fort Douaumont erstürmt. "*
31. Mai: *„ Seeschlacht vor dem Skagerrak. Die englische Flotte
zieht sich vor der Entscheidung zurück. Befehlshaber der
deutschen Flotte: Admiral Scheer. Danach findet in der Nordsee
hauptsächlich nur noch ein U-Boot- und Minenkrieg statt. "*

Juni: *„Die erste russische Offensive zur Entlastung der Alliierten scheitert im September."*

24. Juni: *„Schlacht an der Somme; alle Durchbruchsversuche der Engländer und Franzosen scheitern."*

06. August: *„Die bis zum 09. August dauernde sechste Isonzoschlacht endet mit der Einnahme des Brückenkopfes Görz durch die Italiener."*

27. August: *„Kriegserklärung von Rumänien an Österreich-Ungarn."*

28. August: *„Beginn des Feldzugs von Deutschland und Österreich gegen Rumänien."*

September/Oktober: *„Zweite russische Offensive unter General Brussilow, die ebenfalls scheitert."*

Oktober/Dezember: *„Die dritte russische Offensive scheitert wiederum. Es beginnt eine rasch fortschreitende Demoralisierung des russischen Heeres."*

06. Dezember: *„Deutschland und Österreich-Ungarn ziehen als Sieger in Bukarest ein. Kriegserklärung von Italien an das Deutsche Reich."*

Was Werner mit den trockenen Worten mitteilt: *„Beginn des deutschen Angriffs auf Verdun"* ist eine Katastrophe. (Wikipedia 2019: „Die Schlacht um Verdun war eine der grausamsten und verlustreichsten Schlachten des Ersten Weltkrieges an der Westfront zwischen Deutschland und Frankreich. Sie begann am 21. Februar 1916 mit einem Angriff der deutschen Truppen auf Verdun und endete am 19. Dezember 1916 ohne Erfolg der Deutschen. (...)

Verdun hatte eine lange Geschichte als Bollwerk und daher vor allem für die französische Bevölkerung große symbolische Bedeutung. Der militärstrategische Wert war weniger bedeutend. (…) Die OHL plante den Frontbogen anzugreifen, der um die Stadt Verdun und den vorgelagerten Festungsgürtel verlief. Eine Einnahme der Stadt selbst war nicht das primäre Ziel der Operation, sondern die Höhen des Ostufers der Maas, um so analog zur Belagerung von Port Arthur die eigene Artillerie in eine beherrschende Situation zu bringen und damit Verdun unhaltbar zu machen. (...) Die Schlacht markiert einen Höhepunkt der großen Materialschlachten des Ersten Weltkrieges – niemals zuvor war die Industrialisierung des Krieges so deutlich geworden. Dabei sorgte das französische System der Noria (auch „Paternoster" genannt) für einen regelmäßigen Austausch der Truppen nach einem Rotationsprinzip. Dies trug maßgeblich zum Abwehrerfolg bei und war ein wesentlicher Faktor in der Etablierung Verduns als symbolischer Erinnerungsort für ganz Frankreich. Die deutsche Führung nahm hingegen an, die französische Seite sei zur Ablösung der Truppen wegen übergroßer Verluste gezwungen. In der deutschen Erinnerungskultur wurde Verdun zu einem Begriff, der mit einem Gefühl der Bitterkeit und dem Eindruck verbunden war, verheizt worden zu sein.

Obwohl die im Juli 1916 begonnene Schlacht an der Somme mit deutlich höheren Verlusten verbunden war, wurden die monatelangen Kämpfe vor Verdun zum deutsch-französischen Symbol für die tragische Ergebnislosigkeit des Stellungskriegs. Verdun gilt heute als Mahnmal gegen kriegerische Handlungen und dient der gemeinsamen Erinnerung und vor der Welt als Zeichen der deutsch-französischen Aussöhnung.

(…) Bereits am 25. Februar gelang deutschen Truppen die Einnahme des Fort Douaumont im Handstreich. Wie von deutscher Seite erwartet, unternahm der Oberbefehlshaber der 2e armée Philippe Pétain alle Anstrengungen, Verdun zu verteidigen. Das Dorf Douaumont konnte erst nach hartem Kampf am 4. März erobert werden. Um dem flankierenden Feuer zu entgehen, wurde der Angriff jetzt auch auf das linke Ufer der Maas ausgeweitet. Die Höhe „Toter Mann" wechselte unter schwersten Verlusten mehrfach den Besitzer. Am rechten Ufer wurde das Fort Vaux lange umkämpft und bis zum letzten Tropfen Wasser verteidigt. Am 7. Juni kapitulierte das Fort.

Infolge der Anfang Juni an der Ostfront begonnenen Brussilow-Offensaive mussten deutsche Truppen aus dem Kampfgebiet abgezogen werden. Trotzdem startete am 22. Juni eine weitere Großoffensive. Das Ouvrage de Thiaumont und das Dorf Fleury konnten eingenommen werden. Die von den Briten am 1. Juli gestartete Schlacht an der Somme führte wie geplant dazu, dass weitere deutsche Truppen von Verdun abgezogen werden mussten. Trotzdem begannen die deutschen Truppen am 11. Juli eine letzte Großoffensive, die sie bis kurz vor das Fort Souville führte. Der Angriff brach dann durch den französischen Gegenangriff zusammen. Es kam im Anschluss daran deutscherseits nur noch zu kleineren Unternehmungen wie zum Beispiel dem Angriff hessischer Truppen auf die Souville-Nase am 1. August 1916. Nach einer Zeit relativer Ruhe fiel am 24. Oktober das Fort Douaumont wieder zurück an Frankreich, das Fort Vaux musste am 2. November geräumt werden. Die französische Offensive ging noch bis zum 20. Dezember weiter, dann wurde auch sie abgebrochen.")

Während dieser Kriegswirren verstirbt am 11. November 1916 Paul Theodor Findeisen, Werners Großvater väterlicherseits in Chemnitz.

1916:
Oktober/Dezember: *„Die dritte russische Offensive scheitert wiederum. Es beginnt eine rasch fortschreitende Demoralisierung des russischen Heeres. 06. Dezember: Deutschland und Österreich-Ungarn ziehen als Sieger in Bukarest ein. Kriegserklärung von Italien an das Deutsche Reich."*

1917:
01. Februar: *„Deutschland erklärt den uneingeschränkten U-Boot-Krieg als Antwort auf die Aliierte Hungerblockade. Februar: Trotz englischer und französischer Großoffensiven gelingt an der Westfront kein Durchbruch und keine Schlachtentscheidung."*
11. März: *„Die Engländer dringen vom persischen Golf her vor*

und nehmen Bagdad. Anschließend besetzen sie Teheran und ganz Persien."

06. April: „Kriegserklärung der USA an das Deutsche Reich. Mitte April: Große Streiks in Berlin, Leipzig und in anderen Städten."
06. November: „Beginn der russischen Oktoberrevolution."

Einen Todesfall erwähnt Werner, den des Grafen Zeppelin im März des Jahres 1917.

1918:

Dieses Kriegsjahr beginnt in Werners Aufzeichnungen mit der Hochzeit von Rudolf Max Findeisen und Anna Margaretha Geymeier, seinen Eltern, im Februar in Schwarzenbach an der Saale.

03. März: „Friedensvertrag von Brest-Litowsk zwischen dem Deutschen Reich, Österreich-Ungarn, der Türkei und Bulgarien mit Sowjet-Russland."
März: „Nach der Entlastung im Osten führen fünf deutsche Offensiven im Westen bis Juli nicht zum entscheidenden strategischen Erfolg."
17. Juli: „Ermordung des Zaren Nikolaj II. und seiner Familie in Jekaterinenburg."
18. Juli: „Beginn der Aliierten Gegenoffensive unter Generalissimus Foch. Der deutsche Widerstand schwindet angesichts des Übergewichts an Truppen, Material und Panzern (tanks) des Gegners, wozu nunmehr auch amerikanische Truppen beitragen."
September: „Rückzug der deutschen Front auf die 'Siegfried-stellung`. Bis November schwere Abwehrschlachten an dieser Stellung."

Der Name 'Siegfriedlinie` (Westwall, zwischen 1938 und 1940 an der deutschen Westgrenze errichtete Grenzbefestigung) und das Spottlied der Gegner: 'Wir hängen unsere Wäsche an der Siegfriedlinie auf` ist mir aus Erzählungen am Mittagstisch im Gedächtnis geblieben.

21. Oktober: *„Revolution in Wien."*
01. November: *„Österreich muss sich von Ungarn trennen.*
03. November: *„Matrosenaufstand in Kiel. Ausbreitung der Revolution auf alle größeren Städte, am 07. November z.B. auf München, am 11. November auf Berlin. Arbeiter und Soldatenräte werden gebildet."*

(Wikipedia 2019: „Der Kieler Matrosenaufstand begann am 3. November 1918. Er löste die Novemberrevolution aus, die zum Sturz der Monarchie und zur Ausrufung der Republik in Deutschland führte. Dem Aufstand gingen Ende Oktober ausgedehnte Befehlsverweigerungen der Besatzungen der vor Wilhelmshaven zusammengezogenen deutschen Hochseeflotte voraus. Diese richteten sich gegen den für den 30. Oktober geplanten Flottenvorstoß. (…) Die Arbeiter hatten seit einiger Zeit einen großen Streik geplant, um der Forderung nach einem schnellen Friedensabschluss Nachdruck zu verleihen. Alle Versuche, den Aufstand zu unterdrücken, schlugen fehl. Bald solidarisierten sich auch Teile des Heeres. Die Matrosen entsandten Abordnungen in alle Landesteile. Innerhalb weniger Tage standen alle größeren Städte des Deutschen Reichs unter der Kontrolle revolutionärer Arbeiter- und Soldatenräte.")

08. November: *„Ausrufung des 'Freistaates Bayern'. Der bayrische König flieht zunächst nach Hintersee und danach weiter."*
10. November: *„Kaiser Wilhelm II. dankt ab und geht nach Holland ins Exil. Die Regierung des 'Rats der Volksbeauftragten' (u.a. Ebert und Scheidemann) wird gebildet."*
11. November: *„Abschluss eines Waffenstillstands in Compiègne. Kaiser Karl von Österreich geht in die Schweiz ins Exil."*
12. November: *„Die österreichische Nationalversammlung nimmt einstimmig das Gesetz über die künftige Staatsform an mit der Festsetzung: Deutsch-Österreich ist ein Bestandteil der 'Deutschen Republik'."*
13. November: *„Die Deutschen in Böhmen und Mähren erklären*

gleichfalls den Anschluss an das Deutsche Reich."

16. Dezember: „*Der Rätekongress tagt bis zum 20 Dezember in Berlin und lehnt das Rätesystem für das Reich ab. In Berlin toben Strassenkämpfe zwischen revolutionären Soldaten und Truppen der Obersten Heeresleitung.*"

(Wikipedia 2019: „Eine Räterepublik oder Rätedemokratie ist ein politisches System, bei dem über ein Stufensystem sogenannte ´Räte` gewählt werden. Die Räte sind direkt verantwortlich und an die Weisungen ihrer Wähler gebunden. Ein solches imperatives Mandat steht im Gegensatz zum freien Mandat, bei dem die gewählten Mandatsträger nur „ihrem Gewissen" verantwortlich sind. Räte können demgemäß von ihrem Posten jederzeit abberufen oder abgewählt werden.")

1919:

In der Mitte des Jahres 1919, am 21. August, wird Ruth Fischer, die spätere Ehefrau von Marias Bruder Johannes geboren.

Zuvor gehen die Konflikte weiter.

06. Januar: „*Generalstreik in Berlin und Strassenkämpfe. Unter dem Oberbefehl des Volksbeauftragten Noske (SPD) stellen Truppen der Obersten Heeresleitung die Ordnung in den folgenden Tagen wieder her.*"

15. Januar: „*Rosa Luxemburg und Karl Liebknecht werden ermordet.*"

(Wikipedia 2019*:* „Rosa Luxembur**g** (5. März 1871 – 15. Januar 1919) war eine einflussreiche Vertreterin der europäischen Arbeiterbewegung, des Marxismus, Antimilitarismus und „proletarischen Internationalismus". Ab 1887 wirkte sie in der polnischen, ab 1898 auch in der deutschen Sozialdemokratie. (…). Sie trat für Massenstreiks als Mittel sozialpolitischer Veränderungen und zur Kriegsverhinderung ein. Sofort nach Beginn des Ersten Weltkrieges 1914 gründete sie die „Gruppe Internationale", aus der der Spartakusbund hervorging. Diesen leitete sie als politische Gefangene zusammen mit Karl Liebknecht durch politische Schriften (...). In der Novemberrevolution versuchte sie als Chefredakteurin der Zeitung ´Die Rote Fahne` in Berlin auf das Zeitgeschehen Einfluss zu nehmen. Als Autorin des Spartakusbund-Programms forderte sie am 14. Dezember 1918 eine Räterepublik und die Entmachtung des Militärs. Anfang 1919 gründete sie die Kommunistische Partei Deutschlands mit, die ihr Programm annahm, aber die von ihr geforderte Teilnahme an den bevorstehenden Parlamentswahlen ablehnte. Nachdem der folgende Spartakusaufstand niedergeschlagen worden war, wurden sie und Karl Liebknecht von Angehörigen der Garde-Kavallerie-Schützen-Division ermordet.")

18. Januar: *„Eröffnung der Friedenskonferenz im Spiegelsaal des Schlosses zu Versailles ohne deutsche Beteiligung."*
06. Februar: *„Zusammentritt der deutschen Nationalversamm-lung in Weimar. Friedrich Ebert wird zum vorläufigen Reichspräsidenten gewählt."*
März: *„Häufige Unruhen bis in den April hinein, besonders im Ruhrgebiet und in Bayern, wo im April die Räterepublik Bayern ausgerufen und von einrückenden Freikorps in blutigen Kämpfen beseitigt wird."*
29. April: *„Die Satzung des Völkerbundes wird von den Mächten in Versailles angenommen."*
28. Juni: *„Unterzeichnung des Friedensvertrages in Versailles. Der sogenannte ´Clemanceau-Frieden` oder das ´Versailler Diktat` war durch Frankreich so scharf gefasst, dass Deutschland nur unter Protest unterschrieb, obwohl Wilson (USA) und Lloyd George (England) schon wesentliche Teile gemildert hatten. Deutschland verliert Elsaß-Lothringen, fast ganz Posen und das Memelgebiet. Volksabstimmungen über die Zugehörigkeit zum Reich sind für Nordschleswig und in den Regierungsbezirken Marienwerder, Allenstein, Eupen-Malmedy, Oberschlesien und Saargebiet vorgesehen, im Saarland erst 1934. Deutschland hat sich völlig von Österreich zu lösen und seine Kolonien aufzugeben. Das linksrheinische Gebiet wird bis zu 15 Jahren besetzt, unser Heer*

darf nur noch 100.000 Mann umfassen, Reparationskosten werden in immenser Höhe festgesetzt u.a.m. "

11. August: *„Die von der Nationalversammlung beschlossene Reichsverfassung wird vom Reichspräsidenten unterzeichnet. Das Reich ist eine parlamentarisch-demokratische Republik mit starker Stellung des vom Volk gewählten Reichspräsidenten. "*

10. September: *„Friedensvertrag mit Österreich zu Saint-Germain-en-Laye: Trennung von Ungarn, Abtretung Südtirols an Italien. Der Name 'Deutsch-Österreich` wird verboten, der Anschluss an das Deutsche Reich untersagt, das Selbst-bestimmungsrecht verweigert. "*

Es beginnt das Jahr **1920**. Ein Junge wird geboren, in Chemnitz in Sachsen am Tag des Siebenschläfers. Der erste Weltkrieg ist vorbei, die Saat, die zum zweiten Weltkrieg führt, ist gesät.

Ahnentafel:

Georg Seiler, Werners Großvater mütterlicherseits, geb. am 20.

April 1854 in Schwarzenbach/Saale

Louise Henriette Marie Schröter, Marias Großmutter mütterlicherseits, geb. 1858 in Bad Kösen bei Naumburg

Lina Auguste Klemm, Werners Großmutter väterlicherseits, geb. am 03. September 1861 in Schellenberg bei Augustusburg

Georg Victor Bruno Schröter, Marias Großvater väterlicherseits, geb. am 15.09.1861 in Bad Kösen

Adolf Paul Rabes, Marias Großvater mütterlicherseits, geb. am 06. Dezember 1863 in Leipzig-Eutritzsch

Paul Theodor Findeisen, Werners Großvater väterlicherseits, geb. 1864 in Waldkirchen/Erzgebirge

Agnes Löschke, Marias Großmutter väterlicherseits, geb. am 14. August 1868 in Chemnitz

Anna Catharina Geymeier, Werners Großmutter mütterlicherseits, geb. am 12. Februar 1871 in Schwarzenbach an der Saale

Rudolph Max Findeisen, Werners Vater, geb. am 10. November 1890 in Stadt-Schellenberg bei Augustusburg

Georg Victor Waldemar Schröter, Marias Vater, geb. am 16. September 1894 in Chemnitz

Anna Margaretha Geymeier, Werners Mutter, geb. am 27. Februar 1898 in Schwarzenbach an der Saale

Paul Werner Findeisen, geb. am 27. Juni 1920 in Chemnitz

Waldemar Johannes Schröter, Marias Bruder, geb. am 09. November 1920 in Chemnitz

Walther Herbert Findeisen, Werners Bruder, geb. am 16. Juli 1922 in Chemnitz

Maria Ilse Schröter, Werners Frau, geb. am 13. Februar 1922 in Chemnitz